KB170911

투신전기 4권

초판1쇄 펴냄 | 2020년 09월 15일

지은이 | 새벽검
발행인 | 성열관

펴낸곳 | 어울림 출판사
출판등록 / 2009년 1월 23일 제 2015-000062호
주소 / 경기도 고양시 일산동구 무궁화로 43-55, 801호 (장항동, 성우사카르타워)
TEL / 031-919-0122
FAX / 031-919-0127
E-mail / 5ullim@hanmail.net

ⓒ2020 새벽검
값 8,000원

ISBN 978-89-992-6821-2 (04810)
ISBN 978-89-992-6693-5 (SET)

ULIM ORIENTAL FANTASY

4

새벽검 무협 장편소설

투신전기

鬪神傳記

어울림

목차

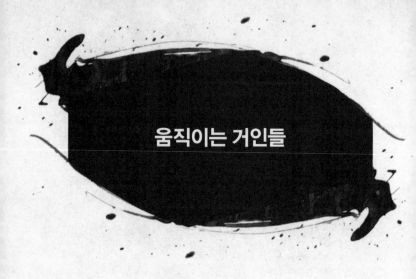

움직이는 거인들

천재(天才).

하늘이 내려준 재능은 사실 재미가 없다.

끝없는 수련과 뼈와 살을 깎는듯한 고통을 통해 내 앞에 놓여진 벽을 깨는 것.

그 모든 과정은 무인들에겐 엄청난 희열과 성취감을 선사한다.

하지만 나는 그런걸 느껴본적이 거의 없었다.

'왜 모르는 거지?'

책을 읽는다면 모든 것을 기억하고 이해한다.

'왜 못하는 거지?'

무공을 배운다면 배운 모든 동작, 초식을 이해하고 펼친다.

'왜 강해지지 못하는 걸까.'

내공을 쌓는족족 단전에 쌓인다.

수년의 시간이 흐른 뒤에야 그는 깨달았다. 저들이 못하는 게 아니라. 자신이 다르다는 것을.

그것을 깨닫는 순간, 그 남자는 이 세상이 지루해졌다.

'재미없어.'

책을 보면 이해하지 못하는 구절이나 내용이 없었고, 무공을 배운다면 막히는 부분이 없다.

그 남자에게 필요한 것은 오로지 시간뿐이었다.

내공이 쌓이는 데엔 시간이 필요하기 때문이었다.

그러나 그마저도 남들과는 차원이 다른 양의 내공들이 단전에 쌓였다.

그러니 그 남자는 노력을 할 필요가 없었다.

"천재의 삶은 재미가 없어."

천재로 살아가는 것은 사실 재미가 없었다. 그저 재수없을 뿐이고, 남들에겐 시기와 질투를 불러일으킬 뿐이었다. 물론, 가문은 그를 가문의 영광 혹은 희망이라 여기겠지만 그 남자는 그따위것들은 관심도 없었다.

그 남자에게 관심있는 것은 오로지 지루한 자신의 삶의 영양분이 되어줄 재미였다.

그래서 남자는 자신에게 주어진 재능을 숨겼다.

스스로를 낮추고 약해졌다.

호랑이가 토끼의 탈을 쓰기로 한 것이다.

그러던 어느 날, 남자의 앞에 또래의 사내가 나타났다.

'강하다.'

노진이나 장용성과 같은 기린아들을 수도 없이 많이 봤지만, 이 사내는 달랐다.

'나와 같은 부류다.'

스스로를 드러내지 않는 숨은 강자.

자신을 태무선이라 알린 사내의 등장에 제갈원준은 흥분할 수밖에 없었다. 어쩌면 자신을 이해해줄 수 있는 유일한 존재의 등장이라 생각하며, 태무선의 곁에서 그를 지켜봤다.

그리고 사악교가 나타났다.

* * *

"몸은 괜찮아?"

오유하의 물음에 제갈원준이 손을 휘저었다.

"아니 죽을 맛이야. 이럴 줄 알았으면 그냥 무선이에게 맡길 걸 그랬나봐. 그놈 힘이 장사더라고."

"괜찮은가 보네."

오유하는 제갈원준의 입이 쉴 새 없이 움직이자 그가 괜찮음을 깨닫고 의자를 끌어당겨 앉았다.

 8

"아마 곧 장로들이 찾아와 무슨 일이 있었는지, 태무선이 백의각에서 뭘 하려고 했는지 물어볼 거야."

"이런 아픈 척해야겠다."

이불을 목아래까지 끌어올린 제갈원준은 눈에 힘을 풀고 마른기침을 토해냈다.

"어때? 아파보여?"

"응. 곧 죽을 것 같아."

"딱 좋아."

제갈원준이 만족스러운 미소를 띠며 눈을 감자 오유하는 자리에서 일어나며 말했다.

"쉬어. 곧 쉬고 싶어도 쉴 수 없을 테니까."

"충고 고맙다."

오유하가 자리를 떠나자 제갈원준은 슬며시 눈을 뜨며 그날의 일을 떠올렸다.

'오 년.'

광우의 망치를 받아낸 제갈원준은 자신의 힘을 압도하는 광우를 올려다보며 생각했다.

앞으로 오 년(五年).

자신이 광우를 뛰어넘기위해 필요한 시간은 단 오 년이었다.

'오 년 후면 내가 이길 수 있다.'

호응문을 단숨에 죽여버릴정도로 강한 광우였지만, 제갈원준은 오 년의 시간이면 광우를 이길 수 있으리라 장담

했다.

그때 태무선이 나타났다.

'보이질 않아.'

광우를 상대할 때만해도 광우를 이기기 위한 시간이 선명하게 눈에 보였으며 확신했다.

단 오년이면 광우를 이길 수 있을 거라고.

그런데, 태무선의 힘을 보는 순간, 제갈원준은 눈앞이 캄캄해졌다.

'아무리 생각해 봐도 그 녀석은 이길 수 없어.'

태어나 처음겪어보는 거대한 벽이었다. 도저히 넘을 수 없을만큼 높고 커다란 벽.

"내 스스로를 천재라 생각했는데… 난 그저 우물 안 개구리였군."

씁쓸하면서도 가슴이 뛰었다.

오랜만에 느껴보는 강렬한 자극에 제갈원준의 가슴이 뛰고 있을 때 그의 방으로 다가오는 인기척이 느껴졌다.

제갈원준은 인기척의 주인공이 오유하가 말한 맹의 장로들인가 생각하곤 이불을 얼굴까지 끌어올려 자는척을 했다.

드륵—

문이 열리고 한 사람의 발걸음소리가 들렸다.

'장로가 한명밖에 안 온건가?'

장로가 혼자 왔을린 없을 거라 생각한 제갈원준은 슬며시 눈을 떠 자신의 옆을 바라봤다.

그곳엔 익숙한 얼굴이 서 있었다.

"장용성?"

인기척의 주인공은 장용성이었다.

* * *

"이제 어쩔 셈입니까?"

"그걸 왜 나한테 묻는 게냐."

"당연히 노야께 묻는 게 당연하죠. 이 모든 일의 원흉이 바로 노야가 아닙니까!"

"이놈들이 깽판을 부리고 온 걸 왜 내 탓으로 돌리는 게냐. 그냥 책만 가지고 올 것이지. 끙!"

뇌우명은 못마땅한 얼굴로 태무선이 들고 온 혈수의도감서를 내려다보았다.

은섬과 태무선의 실력이라면 무림맹에 잠들어 있는 이 도감서를 찾아 손쉽게 그곳을 빠져나올 수 있을 거라 믿었다.

그러나 태무선이 무림맹에서 사악교 무리들을 박살낸 후 전 중원에 마교가 부활했음을 알리고 온 것을 보고 놀라지 않을 수 없었다.

'무림맹의 진 모습을 견식해보라는 의미로 보냈더니 마

교에 새로운 교주가 나왔음을 무림맹의 중심부에서 선포하고 올 줄이야. 무식하다 해야 할지… 아님 그 녀석의 제자답다고 해야 할지…….'

무식하다 싶다가도 지강천의 제자라는 것을 떠올리면 또 그럴 만도 했다.

만약 지강천이 살아 있었다면 그도 무림맹으로 쳐들어가 자신이 마교의 새로운 교주임을 온 중원에 알렸을 테니까.

"아무튼 일이 복잡해졌습니다."

사강목이 사뭇 진지해진 얼굴로 말하자 태무선은 무미건조한 얼굴로 고개를 끄덕였다.

그러자 사강목이 말을 바꿔 말했다.

"매우 귀찮아졌습니다."

그제야 태무선의 얼굴이 심각하게 변했다.

어느새 태무선이 가장 싫어하고 두려워하는 것이 바로 귀찮고 번거로운 일임을 깨달은 사강목은 태무선을 향해 무거운 목소리로 말을 건넸다.

"무림맹이 마교에 새로운 교주가 태어났음을 알게 되었으니 가만히 있지 않을 겁니다. 어떻게든 저희를 찾아내 없애려들겠지요. 애석하게도 지금의 마교로는 무림맹을 상대할 수 없습니다."

"흐음."

일이 매우 귀찮아질 것을 직감한 태무선은 팔짱을 낀 채 눈을 질끈 감았다.

"물론 사악교의 등장 덕분에 무림맹도 바로 움직이진 못할 겁니다. 저희에게는 호재죠. 하지만 교주님이 사악교의 무리들을 무림맹이 보는 앞에서 박살을 냈으니 그들도 가만히 있지 않을 겁니다. 게다가 마교는 사악교의 경쟁조직이라 볼 수 있으니 말입니다."

마치 태무선에게 해야 할 말을 미리 연습이라도 한 듯 폭포처럼 말을 쏟아내는 사강목은 말 그대로 청산유수가 따로 없었다.

쉴 새 없이 현 마교의 상황을 정리 및 보고하던 사강목은 숨을 몰아쉬고 태무선을 향해 눈을 부라렸다.

"저희에게 주어진 시간은 이제 얼마 남지 않았습니다. 위에선 무림맹 아래에선 사악교가 서희를 압박하려 할 테니 그 전에 마교를 온전히 지켜낼 힘을 모아야 합니다."

"어떻게?"

태무선의 물음에 사강목이 고개를 들었다.

그의 시선이 닿은 곳엔 한 여인이 고혹적인 자태로 앉아 손을 들었다. 그러자 그녀의 옆에 서 있던 건장한 체격의 사내가 등짐에서 거대한 종이뭉치를 꺼내 탁자에 올렸다.

"사 대협이 요구하신 자료들이에요. 사악교나 무림맹에 포함되지 않은… 그 어디에도 포함되지 않은 무인조직들입니다."

"고맙소."

"휴우, 제가 더 감사드려야죠. 대단하신 마교의 교주님

덕에 저희 비역만의 이름도 사방팔방에 알려지게 되었거든요."

무림맹에 태무선과 은섬의 신원을 보증하기로 한 비역만은 태무선이 마교의 교주라는 것이 알려진 후부터 유명인사가 되어버렸다.

원래도 서역과의 교역에 성공한 거의 유일한 상단이라며 이름을 떨치던 비역만이 마교와 연루되어 있다는 소식이 알려지자 무림맹이 눈에 불을 켜고 비역만주인 장호련과 접촉하려는 중이었다.

덕분에 평소보다 열배는 바쁜 삶을 살아가게 된 장호련은 원망 섞인 눈동자로 태무선을 노려보았다. 지은 죄가 있기에 태무선은 뒷머리를 긁적였다.

"휴… 뭐 어느 정도는 예상했던 일들이니 이미 대응할 방법은 모두 모색해놨습니다."

"다행이네."

과연 비역만의 만주답게 장호련은 태무선을 맹에 보낼 때부터 발생할 수 있는 모든 경우의 수를 계산해둔 후였다.

장호련은 자신이 가져온 서류더미를 뒤적이며 말했다.

"총 삼십여 개의 조직들을 찾았고, 그 중에서도 꽤나 쓸 만한 조직들을 추려봤습니다. 총 여섯 곳이에요."

사강목은 장호련이 정보들을 간추리며 여섯 개의 종이뭉치를 건네자 만족스러운 듯 미소를 지었다.

 14

'훌륭하군.'

비역만은 상단이면서도 훌륭한 정보조직의 역할을 해냈다.

그녀가 건넨 여섯 곳의 조직은 저마다의 개성과 힘을 가진 조직들이며 사악교나 무림맹에 속하지 않은 말 그대로 그 어디에서 속하지 않은 독불장군들이었다.

흥미롭게 조직들의 이름들과 정보들을 살피던 사강목은 그 중에서도 적아단(赤牙團)을 손에 꼽아들었다.

"적아단이라… 이곳은 규모가 적혀 있지 않구려."

사강목의 중얼거림에 장호련이 자신의 고운 손가락으로 머리카락을 꼬며 미간을 살짝 좁혔다.

"아쉽게도 적아단의 규모는 알아내지 않았어요. 꽤나 시간과 공을 들여 봤는데 적아단의 단주말고는 알려진 게 거의 없어요."

"흐음. 이상하군."

"그렇죠. 보통은 단주의 신분을 숨기는 게 보통인데 적아단은 단주 외에는 알려진 게 하나도 없어요. 그렇다고 유령조직이라고 할 수 없는 건 그들의 활동이 매우 분명하게 알려져 있어요. 예를 들면 최근에 소구(小丘)라는 작은 마을이 적아단의 습격을 받았어요. 사상자는 없지만… 식량을 대거 약탈 당했다고 해요."

"식량을?"

돈이나 재물도 아닌 식량을 약탈한다?

사강목이 이해가 안 된다는 얼굴을 하고 있자 장호련이 그럴 줄 알았다는 듯 고개를 끄덕이며 검지로 적아단의 정보가 담겨있는 종이뭉치를 툭툭 찔렀다.

"물론 재물도 어느 정도 약탈당했지만, 대부분이 식량이었어요. 그것도 육류가 대부분이었죠."

"특이하군."

"들리는 말에 의하면 무림맹과 관군에서 적아단을 뒤쫓은 적이 있었는데 적아단의 이동속도가 워낙 빠르고 흔적을 거의 남기지 않아 번번이 실패했다고 해요."

이어지는 장호련의 설명에 황룡산이 손가락을 튕기며 고개를 끄덕였다.

"괜찮은데? 딱 우리에게 필요한 인재들이야."

황룡산의 감상평에 모두가 인정하는 듯했다.

그도 그럴 것이 관군이나 무림맹이 쫓지 못할 정도의 은밀함과 놀라운 기동성을 가진 조직인데다가 사악교에도 속해있지 않는다.

아직 그들의 무력이나 규모는 알 수 없었지만, 마교에 끌어들이기엔 충분한 가치가 있었다.

"그들의 최근 행적에 대한 건?"

태무선의 물음에 장호련이 마지막 장을 꺼내어 태무선에게 내밀었다.

"운이 좋았어요. 마침 적아단의 단주인 기파랑을 봤다는 사람이 있거든요. 게다가 위치는 여기서 얼마 떨어지지 않은 곳이고요."

"잘 됐네."

태무선이 적아단의 정보가 담겨있는 서류뭉치를 마중혁에게 건네자 그는 익숙한 듯 이를 품속에 갈무리한 후 움직일 준비를 했다.

"이번에야 말로 이 마중혁이 나설 차례군요."

마중혁이 의기양양한 얼굴로 은섬을 바라보자 그녀는 무심한 얼굴로 일어나 태무선의 곁에 바짝 붙어 섰다.

"뒤처지지 말고 따라와라."

은섬이 움직이는 태무선을 따라 총총걸음으로 걸어가자 마중혁이 인상을 쓰며 은섬의 뒤를 보며 이를 갈았다.

"저 망할 잿머리."

마중혁이 태무선을 따라 움직이자 사강목이 그를 불러 세웠다.

"마중혁."

"예."

마중혁이 제자리에 멈춰 서자 사강목이 한껏 굳어진 얼굴로 말했다.

"이번 일로 무림맹과 사악교에서 교주님을 찾으려 눈에 불을 켜고 있을 게다."

"알고 있습니다. 이 마중혁 목숨을 걸고서라도 교주님을 지키겠습니다."

"부탁한다."

"예!"

마중혁이 자신의 가슴을 몇 번 두드린 후 멀어져가는 태무선을 따라 걸어갔다.

태무선과 은섬 그리고 마중혁이 적아단을 찾아 움직이자 회의실에 남겨진 사강목과 황룡산 그리고 장호련, 뇌우명이 서로를 바라봤다.

"우리는 앞으로의 일들을 의논해봐야겠구려."

"그런 복잡하고 재미없는 얘기는 너희끼리 나누거라."

뇌우명은 지루하다면서 자리를 떠났다. 애초에 그는 마교의 의원으로서 남아 있는 것이기에 사강목은 뇌우명을 저지하지 않았다.

뇌우명이 떠나자 그 자리를 대신 메운 것은 해산문이었다.

"부르셨소."

해산문은 어정쩡한 자세로 뇌우명의 자리에 앉아 황룡산과 사강목 그리고 장호련을 둘러보았다.

"앞서 말했듯이 나는 자리를 오래 비울 수 없소. 어쨌든 나는 장강수로채의 채주요. 나는 산이 아니라 강에 있어야 하는 사람이란 말이오."

"알고 있네. 내가 했던 제안은 생각해봤나?"

"흠… 정말 그리 될 거라 생각하는 것이오?"

"날 믿어보게."

"일단 알겠소."

해산문이 순순히 고개를 끄덕이자 사강목이 이번엔 장호련을 바라봤다.

"우린 다음 목표를 정해봅시다."

"좋아요. 저도 시간이 없으니 빠르게 정해보죠."

사강목과 장호련의 손이 쌓여 있는 종이뭉치를 향했다.

한편, 산중객잔을 나선 태무선은 여정을 떠날 채비를 마친 은섬과 마중혁을 바라봤다.

몸을 가볍게 하는 것을 좋아하는 은섬은 맨손에 가벼운 경장차림이었고, 마중혁은 커다란 등짐을 지고 있었다.

"빨리 끝내고 오자."

"네."

"알겠습니다."

산중객잔으로부터 등을 돌린 태무선은 청평한 하늘을 올려다보며 기다란 한숨을 내쉬었다.

"이놈의 일들은 끝나질 않네."

어째 쉴 틈이 하나도 없었다.

* * *

"하하하 정말이지 화려한 복귀로군! 역시 마교다워."

사내는 무림맹에 나타난 마교주의 얘기를 듣고 매우 즐거워하며 자신의 앞에 놓인 술잔을 벌컥벌컥 들이켰다.

한잔에 은자 한냥의 값어치를 지닌 귀한 술이었건만, 사내는 돈에 구애를 받지 않는 듯 귀하디귀한 술을 병째로 들이켜며 웃었다.

"자네는 어떻게 생각해?"

술병의 반을 단숨에 비워낸 사내가 자신의 옆에 앉아 있는 여인, 취설화의 어깨에 손을 얹으며 물었다. 취설화는 가벼운 한숨을 내쉬며 말했다.

"무림맹이니 마교니 하는 얘기들에는 별로 흥미가 없어서요."

"듣자하니 마교주의 신원을 비역만이라는 곳에서 보증해줬다는데… 공교롭게도 네가 비역만의 위치를 알려준 사내가 있었지. 투기장의 투장이었던 강추룡의 머리를 박살냈던 그 사내 말이야."

"……."

취설화는 아무 말도 하지 못한 채 자신의 옆에 앉아 있는 사내를 올려다보았다.

표독스러운 여인의 눈초리에 사내는 빙긋 웃으며 취설화의 어깨를 두드렸다.

"그렇게 날 선 눈빛으로 날 바라보지 말라고."

"관복청의 머리를 가지고 절 찾아온 사내가 할 얘기는 아닌 것 같군요."

"하하. 그렇다고 네 머리를 가지고 관복청을 찾아갈 순 없잖아."

듣기 만해도 살벌한 얘기를 웃는 얼굴로 내뱉는 사내를 보며 취설화는 고개를 숙일 수밖에 없었다.

  이 사내가 나타난 것은 투장이었던 강추룡을 죽인 태무선이 비역만의 위치를 알아내곤 투기장을 벗어난 직후였다.

  그는 투기장의 주인이었던 관복청의 목이 담긴 나무상자를 갖고 취설화를 찾아왔다.

  "안녕!"

  쾌활한 얼굴로 취설화를 찾아온 사내는 선물이라며 취설화에게 상자를 내밀었다. 그 안에서 관복청의 머리를 발견한 취설화는 당황하지 않고 사내를 힐끗 보았다.

  "제게 뭘 원하는 거죠?"

  머리만 남겨진 가까운 이의 시체를 보고도 당황하지 않는 취설화의 태도는 사내를 더욱 흥분시켰다.

  "역시 한 조직의 수장자리는 아무나 하는 게 아니라니까. 이왕이면 눈물이라도 흘려주길 바랐는데 말이지."

  사내는 재미없다는 듯 관복청의 머리가 들어 있는 나무상자를 아무렇게나 내던진 후 취설화를 마주보며 말했다.

  "넌 비역만의 위치를 알고 있지? 그리고 그 위치가 담긴 쪽지를 한 사내에게 건네줬을 테고."

  "다 알고 계시네요. 공교롭게도 비역만의 위치가 담겨있는 쪽지는 단 하나밖에 없었어요. 저는 그 쪽지를 단 한 번도 펼쳐보지 않았고요."

"흐음. 현명하다 해야 할지 아니면 멍청해야 해야 할지 모르겠네."

사내의 손길이 취설화의 머리카락을 거칠게 쓰다듬었다.

"비역만의 위치를 알고 있었다면 죽지 않았을 텐데."

"당신을 만난 순간부터 비역만의 위치를 알고 있든 모르고 있든 내 목숨은 이미 없는 거나 마찬가지 아닌가요?"

"현명한 여인이었군."

사내는 웃으며 취설화의 옆에 앉았다.

그 이후로 사내는 단 한번도 비역만의 위치를 묻지 않았으며 취설화의 목숨을 취하지도 않았다. 그저 그녀의 곁에 머물면서 얘기를 나눌 뿐이었다.

처음엔 그가 매우 두렵고 불편했던 취설화도 어느새 사내의 존재를 편하게 여기게 되었다.

그는 다정했고, 사람을 편하게 만드는 재주를 갖고 있었다.

"으으! 또 교에서 마교주를 찾으라고 난리를 피우겠군."

사내는 귀찮다는 듯 기지개를 켜며 책상에 앉아 쌓여 있는 업무들을 빠르게 처리하고 있는 취설화를 바라봤다.

사악교의 등장과 마교주의 복귀는 평화롭던 중원에 전운(戰雲)을 가져왔다.

이는 사람들이 금호전장을 찾아오게 만들었다.

"세상이 불안하면 불안할수록 사람들은 의지할 곳을 찾기 마련이지. 어느 때라도 우릴 배신하지 않는 이 돌덩어리들을 위해서."

사내는 은자와 금자를 어루만지며 취설화를 바라봤다. 그러자 업무를 이어가던 취설화가 손을 멈추고 사내를 바라보며 말을 꺼냈다.

"비림… 아랑단의 단주가 이런 곳에서 빈둥거려도 되는 건가요?"

"안 되지!"

자리를 박차고 일어선 사내는 미소가 담긴 얼굴로 취설화의 곁으로 다가와 그녀의 턱을 손끝으로 부드럽게 어루만졌다.

"나 없이 지루하지 않겠어?"

"내 인생에 당신이란 존재는 애초에 없었어요. 그러니 이제 와서 없다고 해서 문제가 될 게 있나요?"

"매정한 척 하지 마. 너도 내가 보고 싶을걸?"

"일단 사라져야 보고 싶은지 보고 싶지 않은지 알 수 있지 않을까요."

"똑똑한 여자란 말이지."

비림, 무림맹이 눈에 불을 켜고 찾고 있는 살수집단.

그 중에서도 가장 강력한 전력을 갖고 있는 아랑단의 단주인 사내는 자신의 옷을 챙겨 입으며 취설화를 향해 가볍게 손을 흔들었다.

"다음에 보자고."

이 말을 끝으로 사내의 신형이 연기처럼 사라졌다.

그리고 홀로 남겨진 취설화는 여느 때와 같이 바쁘게 손을 움직이며 책상에 가득 올려진 업무들을 처리해나갔다. 그러나 취설화의 움직임은 여느 때와 달리 매우 더뎠다.

"하……."

한손으로 머리를 쓸어 올린 취설화는 인정할 수밖에 없었다.

"짜증 나."

자신의 이름조차 밝히지 않은 사내의 빈자리는 꽤나 컸다

* * *

"마교주가 투신의 무공을 사용했단 말이지."

"네. 제가 똑똑히 봤습니다."

"흥미롭군. 투신이 죽지 않았다는 건가. 거머리처럼 살아남아 자신의 후대를 길러냈군."

붉은 반지를 손에 낀 젊은 사내는 재미있다는 듯 다섯 상천 중 한명인 시월현의 얘기를 들었다. 그는 턱을 괴고 있던 손으로 시월현을 향해 손가락질 했다.

"마교주를 쫓아. 지강천의 생사를 확인하도록."

"알겠습니다."

시월현이 자리에서 일어나 자리를 떠나자 그에게 명령을 내린 젊은 사내는 의자에 몸을 기댄 후 허공을 응시하며 중얼거렸다.

"당신도 실수를 할 때가 있군요."

사내는 무엇을 보는지 알 수 없는 눈빛으로 허공을 응시했다.

"교주님… 전부 준비되었습니다."

"그래."

의자에서 몸을 일으킨 사내가 향한 곳은 아주 깊숙한 지하층이었다.

습기가 가득하고 음기가 가득히 넘쳐나는 그곳에서 사내는 쇠사슬로 묶인 채 두 무릎을 꿇고 있는 무인든을 향해 다가갔다.

"크윽! 이 비열한 마교놈들!"

무인이 거칠게 욕지거를 내뱉자 사내는 무심한 시선으로 무인에게 다가가 그의 머리에 손을 올리며 말했다.

"뚫린 입이라고 함부로 지껄이면 안 되지… 그러면 인간이나 짐승이나 다를 게 없거든."

"나를… 나를 어쩔 셈이냐!"

"네가 이해할 수 없고… 견딜 수도 없는 일."

뜻을 알 수 없는 사내의 말에 무인이 몸을 비틀며 저항해 봤지만, 사내의 손길이 남자의 머리에 닿는 순간부터 그는 도저히 몸을 움직일 수 없었다.

그리고 얼마안가 사내는 자신이 격어본 적 없는 극심한 고통을 느껴야 했다.

"끅… 끄흑! 끄아악!"

어느 건물의 깊은 지하층.

그곳에서 한 젊은 무인의 처절한 비명소리가 울려퍼졌다.

한편, 교주의 명령을 받고 바깥으로 빠져나온 시월현은 자신을 향해 쿵쾅거리며 다가오는 거대한 남자를 발견하고는 가벼운 한숨을 내쉬었다.

"아… 제일 만나선 안 될 사람이네."

시월현은 곤란하다는 듯한 표정을 지었다. 거대한 체격의 남자는 어느새 시월현의 앞으로 바짝 다가왔다.

"광우가 죽었다 하였느냐."

"그렇게 됐습니다."

"그렇게 됐다라… 하하하!"

쩌렁쩌렁 울리는 남자의 웃음소리에 시월현은 두 손으로 자신의 두 귀를 막으며 인상을 찌푸렸다.

"광우는 내 세 번째 제자다."

"당신께서 가장 아끼시는 제자였죠."

"네놈이 광우의 힘이 필요하다하여 곁에 두었더니 기어코 내 제자를 죽이고 말았구나."

"예상치 못한 상황이었습니다. 무림맹에 마교의 교주가

26

있을 거라고 누가 생각이나 했겠습니까."

"기껏 생각해낸 변명꺼리는 그게 다냐."

'쳇. 하필이면.'

시월현은 자신의 앞에 서 있는 중년인을 올려다보았다.

하필이면 가장 만나선 안 될 남자를 만나고 말았다.

이 거대한 체격을 가진 남자의 이름은 맹우(猛牛). 사악교의 다섯 상천인 시월현과는 달리 사악교의 삼존 중 한명이며 광왕(狂王)이라 불리는 자였다.

그리고 광우는 이 맹우의 세 번째 제자였다.

"내 제자의 핏값은 어떻게 갚을 것이냐."

맹우는 생긴 것과 다르게 자신의 제자를 상당히 아끼는 것으로 잘 알려져 있었는데, 시월현이 그가 가장 아끼는 제자인 광우를 무림맹으로 데려갔다가 죽게 만들었으니 시월현의 입장이 매우 난처해졌다 할 수 있었다.

"곤란하네요. 광왕의 제자를 죽인 이는 다름 아닌 마교의 새로운 젊은 교주입니다. 핏값을 치르려거든 그에게 치러야지요."

"네겐 아무런 잘못도 없다는 말이더냐."

"저는 교주님의 명령을 따랐을 뿐."

시월현이 교주를 언급하자 맹우는 사나워진 얼굴로 시월현을 죽일 듯이 노려보았다.

"마교주는 어디 있느냐."

"이제 찾아보려 합니다."

"나도 함께하지."

"아…….."

시월현이 대놓고 곤란한 표정을 지었음에도 광왕은 전혀 물러서지 않았다.

오히려 빨리 마교주를 찾아가라는 듯 시월현을 재촉했으니, 그는 할 수 없이 맹우와 함께 할 수밖에 없었다.

"그럼 함께 가시죠. 마침 소식이 끊겼던 아랑단의 단주가 소식을 보내왔습니다."

시월현이 맹우의 앞장을 섰다.

"마교주의 위치를 알아냈다더군요."

*　*　*

"죄송합니다."

천기단의 단주 혁우운이 깊이 고개를 숙이자 무림맹의 맹주인 구황천이 그런 혁우운을 급히 일으켜 세웠다.

"일어나세요. 천기단의 단주는 함부로 고개를 숙이는 자가 아닙니다."

"제 실책입니다."

혁우운의 표정은 상당히 굳어 있었다.

그도 그럴 것이 마교의 적이라고 할 수 있는 사악교가 맹의 중심부까지 쳐들어왔음에도 혁우운은 나서지 못했다.

무림맹의 최후 방어선이라 할 수 있는 천기단이 사악교

의 침입을 막아내지 못한 것이다.

물론 혁우운이 나섰다면 사악교가 함부로 활개를 치지 못했겠지만, 구황천은 혁우운을 부르지 않았다.

"천기단을 부르지 않은 것은 내 선택입니다. 그러니 혁단주께서 죄송해 할 필요는 없습니다. 이 모든 건 제 선택이었으니까요."

"마교주를 보내준 것에 많은 장로들이 불만을 드러낼 것입니다."

"그러겠지요. 하지만 그자의 도움을 받은 것은 사실입니다. 맹의 교주로서 할 말은 아니지만, 마교주가 없었다면 맹의 후기지수들은 살아남지 못했을 겁니다."

"마교주가 왜 그런 짓을 벌였는지는 안 아내셨습니까?"

"그가 머물던 백의각의 무인들에게 이유를 물었지만, 제대로 된 답변은 듣지 못했습니다. 불과 한 달 사이에 마교주는 그 아이들의 신뢰를 얻은 후였더군요."

구황천이 쓴웃음을 지었다.

무림맹의 맹주는 자신이었건만, 그들의 지지를 받은 건 다름 아닌 마교의 젊은 교주였다.

"물론, 저는 그를 보내준 것을 후회하지 않습니다."

"걱정 마십시오."

혁우운이 자리를 박차고 일어섰다.

그의 체격은 그리 크지 않았지만, 구황천의 앞에 선 그는 거인(巨人)이었다.

"제가 마교의 교주를 처리하도록 하겠습니다."

단호한 결의가 느껴지는 혁우운의 말에 구황천은 한껏 어두워진 얼굴로 고개를 끄덕였다.

"부탁드립니다. 그리고 부디 조심하십시오. 잠시 견식한 마교주의 힘은 결코 약하지 않았습니다."

"새겨듣겠습니다."

맹주와의 대면을 마치고 빠져나온 혁우운은 자신을 기다리고 있던 천기단을 향해 말했다.

"말을 준비하라."

짐승을 다루는 법

"빠르네요."

은섬은 솔직히 대답했다. 그도 그럴 것이 적아단을 쫓기 시작한지도 벌써 나흘이라는 시간이 지났지만 적아단의 그림자조차 보질 못했다.

"주로 산을 타고 움직입니다. 그런데 그 흔한 발자국조 차 남기질 않았습니다."

마중혁은 적아단이 지나간 것으로 추정되는 산길을 올려다보며 가래침을 뱉었다.

이를 지켜보던 은섬이 얼굴을 한번 찌푸린 후 태무선을 향해 말했다.

"마치 우리가 자신들을 쫓고 있는 것을 알고 있는 것 같습니다."

"흐음."

최대한 빠르게 일을 처리하고 쉬려고 했던 태무선은 생각보다 적아단과의 접촉이 어렵자 가슴이 답답했다.

'귀찮은데……'

적아단은 태무선등이 쫓고 있는 것을 눈치챘는지 가까워질 것만 같으면 속력을 올려 달아났다.

장호련이 준 정보에 의하면 적아단의 규모는 꽤나 컸기에 이렇게 빠른 기동력을 갖고 있다는 것 자체가 이해가 되질 않았다.

비단 사람이라면 움직일 때 발자국 같은 흔적을 남기기 마련이건만, 적아단은 모두가 절정의 경공술이라도 갖고 있는 듯 발자국을 전혀 남기질 않았다.

적아단의 뒤를 쫓기가 어려웠던 태무선은 자신의 아래에 놓인 적아단의 흔적을 내려다보았다. 그러던 중 태무선의 눈동자에 흥미로운 흔적이 눈에 띄었다.

'흠.'

* * *

"정말 이게 먹힐까요?"

마중혁은 걱정스러운 눈초리로 수레를 바라봤다.

은섬은 그런 마중혁의 옆구리를 툭 치며 눈을 흘겼다.

"주군을 불신하는 것이냐."

"아, 아니 그런 건 아니지만."

코를 찌르는 피 냄새에 마중혁은 수레에 올려진 돼지 두 마리를 바라봤다.

살아 있을 적 끼니를 단 한 번도 거른 적이 없는 듯 살이 두툼하게 올랐던 두 마리의 돼지는 수레위에 가지런히 놓여 있었다.

배를 갈라놓은 탓에 피비린내와 함께 생고기의 비린향이 풍겼다.

"될지 안 될지는 모르겠지만, 일단 해봐야지."

무작정 쫓기만 해서는 안 된다는 것을 깨달은 태무선이 수레 위에 앉았다.

마중혁은 자연스럽게 수레를 이끄는 한 마리의 소를 향해 채찍질을 했다.

"이랏!"

새 옷으로 갈아입고, 목욕까지 하여 멀끔해진 은섬은 태무선의 곁에 앉아 품속에 넣어둔 단검을 마른 천으로 천천히 닦으며 말했다.

"적아단이 순순히 협력하려 할까요?"

"글쎄."

"만약……."

질문을 던지려던 은섬은 하려던 말을 도로 삼켰다.

어차피 자신의 질문에 대한 답은 정해져 있지 않은가.

은섬은 말을 삼키며 자신의 옆에 앉아 하품을 하며 지루한 듯 허공을 응시하고 있는 자신의 주군을 바라봤다.

'싸움을 피하지 않는다.'

태무선은 굳이 싸움을 만들지는 않았지만, 싸움을 피하지도 않았다.

적의 공격을 막거나 피하지도 않는다.

이것이 투신의 싸움법이라는 것쯤은 은섬도 잘 알고 있었지만, 은섬은 괜히 걱정이 되었다.

'지금까지는 괜찮았지만…….'

지금까지는 태무선을 압도할만한 실력자가 나타나지 않았다. 그러나 앞으로도 그러지 말라는 법은 없었다.

만약, 태무선을 압도할 정도로 강한 강자가 나타나게 된다면…….

태무선은 결코 물러서지 않을 것이다.

'나 역시 주군의 곁에서 싸울 거야.'

싸움의 승패는 중요하지 않았다.

은섬은 최후의 최후까지도 태무선의 곁에 남을 거라 다짐하며 자신의 단검을 닦는 손길에 더욱 힘을 주었다.

'얼른 해치우고 돌아가야지.'

물론, 태무선은 그저 이 순간이 빠르게 지나가길 바랄뿐이었다.

돼지 두 마리를 태운 태무선의 수레가 작은 마을을 떠난 지 반나절이 지났다.

수레에 기대어 눈을 감고 있던 태무선은 슬며시 눈을 뜨며 자신의 어깨에 기대어 잠들어 있던 은섬을 내려다보았다.

그러자 은섬도 뭔가를 눈치챘는지 고개를 들어 태무선과 눈을 맞췄다.

대화는 필요 없었다. 은섬이 품속에서 단검을 꺼냈다.

소를 이끌며 앞으로 나아가던 마중혁은 자신의 도를 손을 뻗으면 곧바로 닿을 곳으로 끌어당겼다.

태무선은 기지개를 켜며 수레에서 일어났다.

"생각보다는 일찍 왔네."

말을 하며 신형을 돌린 태무선의 앞으로 한 남자가 나타났다.

위아래로 붉은 가죽옷을 두른 남자는 팔짱을 낀 채로 수레가 가야 할 곳을 가로막고 서 있었다.

"멈춰라!"

호기로운 남자의 외침에 마중혁이 고삐를 당겨 소의 발길을 멈췄다. 그러자 붉은 가죽옷의 남자가 코를 킁킁거리며 수레를 향해 천천히 다가오며 소리쳤다.

"수레에 실린 게 뭐지!?"

남자의 외침에 마중혁이 대답했다.

"돼지 두 마리요."

"돼지라… 그걸 어디로 가져가는 거지?"

"그걸 몰라서 묻는 거요? 당연히 장터에 내다 팔려는 거아니겠소? 미안하지만 내 뒤에는 먹여 살려야 할 아들과딸이 있으니 이만 비켜주시오."

"흥."

붉은 가죽옷의 남자는 마중혁을 노려보았다.

보통 이렇게 길을 막고서면 자신을 마주한 사람들의 태도는 두가지로 나뉘었다.

하나는 불같이 화를 내며 비키라는 자들.

또 하나는 지레 겁을 집어먹으며 눈치를 살피는 자들이었다.

그런데 이 남자는 뭔가 달랐다. 본능적으로 가죽옷의 남자는 경계를 늦추지 않았다.

"그 돼지 어차피 팔 거라면 내게 팔아라. 값은 적당히 쳐줄 테니."

품속에서 가죽주머니를 꺼낸 남자가 이를 흔들어보이자주머니에서 짤랑거리는 소리들이 들려왔다. 그러나 마중혁은 고개를 세차게 저었다.

"미안하지만 거래처와의 약속이라 그리 할 수 없소. 그러니 길에서 비켜주시오."

마중혁이 채찍질하며 수레를 이끌며 나아가자 붉은 가죽옷의 남자가 한숨을 푹 쉬며 말했다.

"이래서 이놈의 중원은 선의를 베풀어봤자 소용없다니까."

짜증스럽게 말을 내뱉은 남자가 손을 들자 어두운 수풀 속에서 한 마리의 들개가 모습을 드러냈다.

"저게 뭐여?"

평범한 들개에 비해 세배는 큼직한 거대한 들개가 모습을 드러내자 마중혁이 몸을 부르르 떨었다.

어릴 적에 느꼈던 공포가 꾸물거리며 솟구쳤기 때문이었다.

자신이 겁을 먹는다는 게 짜증이 났는지 마중혁이 얼굴을 일그러뜨리며 들개와 남자를 번갈아봤다.

"넌 뭐냐!"

마중혁의 외침에 남자가 자신의 곁으로 다가온 들개의 머리를 쓰다듬으며 말했다.

"난 적아단의 단주 기파랑이다. 산채로 갈기갈기 찢겨 들짐승의 밥이 되고 싶지 않으면 지금이라도 당장 수레를 버리고 떠나라!"

"이 미친놈이!"

짜증스러운 외침과 함께 수레에서 훌쩍 뛰어내린 마중혁이 도를 꺼내들자 이를 지켜보던 기파랑의 입가에 미소가 어렸다.

"역시 무림인이었군. 지금까지 우리를 쫓아오던 게 네놈들이었나!?"

"나오랄 때는 더럽게 안 나오더니 돼지 두 마리에 홀려서 나타나다니 멍청한 놈들."

마중혁의 외침에 기파랑의 얼굴이 똥이라도 씹은 듯 굳어졌다.

'교주님은 어떻게 알았던 거지?'

호기롭고 당당하게 소리친 마중혁은 태무선의 혜안에 감탄할 수밖에 없었다. 처음엔 얼마 없는 경비로 죽은 돼지 두 마리를 사고 목욕을 한 후 옷까지 새 옷으로 갈아입으라던 태무선의 말을 이해할 수 없었는데 이제 보니 이 모든 게 적야단을 꿰어내기 위함이었다.

'역시 교주님이다!'

태무선에 대한 마중혁의 충성심은 날이 갈수록 강해져만 갔다.

"겨우 세 명에서 이 기파랑을 잡으러 오다니 멍청한 놈들!"

기파랑이 다시 한번 손을 들자 그의 옆에 서 있던 들개가 하늘을 향해 울부짖었다. 그러자 기다렸다는 듯 사방에서 들개의 울음소리가 울려퍼지기 시작했다.

곧이어 수십 마리의 들개들이 모습을 드러냈다.

그 수가 족히 서른 마리는 넘어보였다. 붉은빛이 감도는 검은 들개들이 수레를 포위하는 형태로 천천히 모습을 드러냈다.

기다란 송곳니와 날카로운 발톱.

체격은 크지 않았지만, 매우 민첩해 보이는 들개들이 서서히 거리를 좁혀오자 수레에 앉아 있던 태무선과 은섬이 수레에서 내려왔다.

"네가 적아단주 기파랑이라고?"

수레에서 내려온 태무선의 물음에 기파랑이 고개를 끄덕였다.

"그래 내가 기파랑이다. 네놈은 뭐냐."

"네놈!? 네놈이라고!? 감히 교주님에게 네놈이라니!"

"교주? 아아… 네가 이번에 새로운 마교의 교주가 되었다던 그놈이로구나."

기파랑이 말끝마다 '놈'자를 붙이자 화가 난 마중혁이 도를 끄집어내며 이를 갈았다.

"교주님 저 들개자식은 제가 손을 봐주겠습니다."

"여기 있어."

"네."

마중혁이 뒤로 물러서자 태무선이 앞으로 나섰다. 그는 거대한 들개와 함께 서 있는 기파랑을 향해 무료한 눈빛으로 말을 건넸다.

"그래 내가 마교의 교주가 된 태무선이다."

마치 마교의 교주가 된 것이 매우 불만인 듯한 태무선의 태도에 기파랑이 의아한 표정을 지었다.

"듣자하니 무림맹이나 관군도 적아단을 쫓지 못하던데… 적아단은 단주를 제외하고는 모두 들개들인가?"

태무선의 물음에 기파랑이 비릿한 미소와 함께 대답했다.

"그래. 인간은 배신을 일삼지만… 이 아이들은 절대로 배신하지 않는다. 오로지 내 명령만을 따르며 죽는 순간까지도 나를 위해 죽는 아주 충성스러운 녀석들이지."

"흠. 그래서였나."

태무선이 적아단이 주로 재물보다는 식량을 약탈하고 규모와는 걸맞지 않는 기동력과 흔적을 남기지 않을 수 있던 이유를 알게 되었다.

적아단은 들개들로 구성된 집단으로 재물보다는 식량이 더 귀했고, 들개들이다보니 인간은 결코 흉내낼 수 없는 기동력을 갖고 있던 것이다.

산길에 새겨진 커다란 들개의 발자국을 보며 혹시나 하는 생각을 품었는데 자신의 생각이 옳았다.

태무선은 머리를 긁적이며 자신의 겉옷을 들추는 기파랑을 바라봤다.

"수년 전……."

기파랑이 들춘 겉옷사이로 깊은 검상이 새겨져 있었다.

"나는 믿었던……."

"됐어. 네 과거는 관심 없고 우리와 함께하자. 마교는 힘이 필요하거든."

한창 자신의 불우한 과거를 얘기해주려던 기파랑은 꿀 먹은 벙어리가 된 것 마냥 입을 다물고 있다가 화가 난 듯 태무선을 향해 따졌다.

"보통 이런 상황에서는 상대방에게 어떤 과거가 있었는

지 들어주는 게 예의가 아니냐!?"

"네 과거는 관심이 없다니까."

"이 빌어먹을 꼬맹이가!"

기파랑이 이를 갈았다. 이제야 약관을 겨우 넘긴 듯한 꼬맹이가 자신을 무시하는 듯 말하자 화가 난 것이다. 그러나 기파랑은 설불리 공격을 명할 수 없었다.

'상대는 마교의 교주. 겉보기와는 달리 범상치 않은 힘을 갖고 있을 게 분명해.'

짐승의 그것처럼 본능적으로 태무선의 힘을 알아본 기파랑은 설불리 공격을 하기 보다는 자신의 뒤편을 곁눈질했다.

"뒤돌아보지 마."

"응?"

뒤를 돌아보던 기파랑은 어느새 자신의 뒤에서 짝다리를 짚은 채 서서 단검을 들고 있는 소녀를 발견했다.

특이하게도 잿빛색의 머리카락을 가진 소녀는 자신과 랑아(狼牙)조차 눈치채지 못한 사이에 그들의 뒤를 점한 것이다.

소녀를 발견한 랑아가 이를 드러내며 으르렁거리자 소녀가 무심하지만 살벌한 눈빛으로 랑아를 노려보았다.

"한번만 더 으르렁거리면 네 주둥이를 꼬챙이처럼 꿰어줄 거야."

소녀가 단검을 겨누며 살벌하게 중얼거리자 랑아가 주둥

이를 다물었다.

'피부가 저릿할 정도로 강렬한 살기다.'

랑아를 향한 살기였음에도 피부가 저릿저릿했던 기파랑은 이 소녀의 힘이 범상치 않음을 깨달았다.

'엄청난 수준의 살수… 이것이 마교인가.'

망했다고 해도 마교는 마교였을까. 소녀의 몸에서 풍기는 살기와 기운은 결코 기파랑이 대적할만한 수준이 아니었다.

'이런 싸움은 내게 불리하다.'

기파랑은 소맷자락에 붙여놓은 작은 피리를 꺼내어 두 번 짧게 불었다.

그 순간, 서른 마리의 들개들이 일사분란하게 움직이며 태무선과 마중혁을 향해 내달리기 시작했다. 이를 지켜보던 은섬이 기파랑을 향해 단검을 겨누자 랑아가 그녀의 앞을 가로막았다.

"비켜, 누렁아."

"흥! 내 부름을 받은 랑아와 아이들은 두려움조차 초월한다!"

기파랑의 설명대로 랑아의 두 눈은 정확히 은섬을 노려보았다.

들개의 눈동자에선 두려움을 넘어선 광기가 느껴졌다.

'어쩌지 죽여도 되는 건가.'

은섬은 고민에 빠졌다. 적아단을 찾아온 목적은 어디까

지나 그들의 힘을 얻기 위함이었다.

이대로 싸움을 벌이게 되면 지진 않겠지만, 목적은 달성할 수 없었다.

랑아라는 거대한 들개의 주둥이를 꼬치로 만들어버릴까 고민하던 은섬은 넋을 놓은 채 어딘가를 응시하고 있는 기파랑을 발견했다.

'왜 저러는 거지?'

단검을 겨누고 있던 은섬은 저도 모르게 기파랑의 눈이 향하고 있는 곳으로 고개를 돌렸다.

그리고 그곳에서 믿을 수 없는 광경을 목격했다.

"으르르……."

수십 마리의 들개가 태무선을 향해 몸을 바짝 낮춘 채 감히 고개를 들지 못하고 주춤거렸다.

그리고 그 수많은 들개 사이로 태무선이 빠르지도 느리지도 않은 걸음으로 걷고 있었다.

그는 한 치의 흔들림 없이 기파랑을 향해 걸었다.

'이게 어떻게 된 거지!'

적아단의 수십 마리의 들개들은 기파랑이 어렸을 적부터 자신의 피리소리에 어떠한 명령이든 따르도록 길러졌다.

자신의 명령이라면 불타는 화염 속으로도 뛰어들 준비가 되어 있었다.

한데 적아단의 들개들이 단 한명의 사내를 어찌하지 못

하고 물러서고 있는 것이다.

'죽음의 공포조차 뛰어넘은… 압도감인가.'

기파랑이 말도 안 된다는 얼굴로 자신을 향해 다가오는 태무선을 바라보고 있을 때 은섬은 단검을 조용히 거두었다.

"역시 주군인가."

무간지각 속에서도 은섬은 태무선으로부터 죽음의 공포를 느꼈다.

애초에 죽음에 대한 공포를 느끼지 않도록 훈련받아온 은섬조차 태무선의 존재감을 이겨낼 수 없었던 것이다.

들개들의 아무런 방해도 받지 않은 채 기파랑의 앞으로 다가온 태무선은 그를 향해 물었다.

"우리에게 협력해."

"뭐… 뭐? 지금 마교에게 협력하라는 말이냐."

"그래."

짧고 간결한 제안.

잠시 생각에 잠겨있던 기파랑이 태무선을 향해 물었다.

"마교의 적은?"

"무림맹과 사악교."

현 중원의 패권을 장악하고 있는 무림맹과 사파조직의 우두머리라고 할 수 있는 사악교.

어느 하나 쉽지 않은 상대들이었다. 기파랑은 더 들어볼 것도 없다는 듯 단호하게 거절했다.

"싫다. 여기서 네놈에게 죽으나 마교에 협력하다 무림맹이나 사악교에게 죽으나 다 똑같아."

"그럼 어쩔 수 없지. 은섬, 마중혁 돌아가자."

"네."

은섬은 단검을 갈무리 한 후 기파랑을 지나쳐가며 태무선의 곁에 바짝 붙었다.

마중혁은 아쉽다는 듯 입맛을 한번 다신 후 수레위에 올라타 채찍을 손에 쥐었다.

"이 돼지는 팔아야겠죠?"

"이왕 잡은 거 식당으로 가져가서 요리나 해달라고 하자."

은섬이 두 마리의 돼지를 보며 눈을 빛내자 마중혁이 작게 한숨을 내쉬며 돼지를 안쓰럽게 바라봤다.

"이거 동족포식인 거 알고 있지?"

마중혁이 돼지와 은섬을 번갈아보자 은섬이 발끝으로 마중혁의 등을 걷어찼다.

"윽! 이 잿머리가!"

"어서 가기나해 고기 썩는다."

"이럇!"

마중혁이 수레를 이끌고 떠나가자 기파랑이 멍한 얼굴로 멀어지는 태무선과 수레를 바라봤다.

"그냥… 이렇게 가는 거야?"

목숨을 건 싸움까지 불사할 각오를 하고 있던 기파랑으

로서는 상당히 허무한 결말이었다.

"아무튼 다행이구나."

산속으로 숨어들어온 기파랑은 랑아의 머리를 쓰다듬으며 안도의 한숨을 재차 내쉬었다.

만약 마교의 교주인 태무선과 싸움이라도 벌였다면 자신은 물론이요, 자식 같은 들개들이 모조리 죽임을 당했을게 뻔했다.

다행히 태무선이 순순히 물러섰으니 천운이나 다름없었다.

"가자. 그 놈들이 마음을 바꿔먹기전에."

기파랑은 태무선이 생각을 고쳐먹기 전에 그에게서 멀어지기 위해 발길을 재촉했다.

＊　＊　＊

"이게 어찌 된 거지?"

기파랑은 이 상황이 이해가 되질 않았다.

태무선을 피해서 산길을 달려온 지 어언 사흘이란 시간이 흘렀다. 그런데 그 흔한 토끼조차 눈에 띄질 않았다.

몇몇 들개들을 풀어 사냥감을 구해오려 했지만, 이상하게도 들개들은 번번이 허탕을 쳤다.

사슴이나 멧돼지는커녕 나무위에서 매일같이 지저귀던 새들조차 보이질 않았다.

"이게 무슨 징조인지⋯⋯."

불안한 마음에 기파랑은 산을 옮겨가며 사냥감을 찾았지만 상황은 달라지지 않았다.

설상가상으로 굶주린 들개들이 낑낑대며 기파랑에게 고개를 부벼댔다.

'이런!'

얼마나 굶주렸는지 들개들의 옆구리가 움푹 패여 갈비뼈가 훤히 드러났다.

이대로 가다간 들개들이 모두 아사할 지경이었다.

기파랑은 할 수 없이 근처 마을을 찾아 움직였고, 적당한 규모의 마을을 찾은 기파랑은 랑아와 들개들을 데리고 마을을 향해 힘껏 내달렸다.

하지만⋯⋯.

"응? 여긴 어쩐 일이냐?"

마을의 초입에서 기파랑은 커다란 돼지를 통째로 구워먹고 있는 태무선과 마중혁 그리고 은섬을 마주했다.

은섬은 자신의 얼굴만 한 돼지 뒷다리를 두 개씩이나 들고 뜯고 있었고, 마중혁과 태무선은 술잔을 나누며 고기를 씹고 있었다.

"너, 너희들이 여긴 왜?"

당황한 기파랑이 태무선을 바라보며 묻자 태무선이 술잔에 담긴 술을 목구멍에 부으며 어깨를 으쓱했다.

"그건 내가 묻고 싶은 말인데."

"그, 그건……."

차마 마을을 습격해 식량을 약탈하러 왔다고 말할 수 없었던 기파랑은 코끝을 찌르는 구운 고기의 향긋하고 군침도는 냄새에 마른침을 삼켰다.

그의 뒤에 서 있던 랑아는 침을 질질 흘리고 있었다.

"그냥 지나가는 길이다. 식, 식량도 좀 살 겸."

기파랑은 태무선을 지나쳐 고기를 팔고 있는 상인에게로 다가가 돈이 들어 있는 주머니를 꺼내들었다.

"고기… 이 돈으로 살 수 있는 모든 고기를 내어주시오."

"흠흠 미안하지만, 이것들은 모두 임자가 있는 고기라……."

"임자가 있다니?"

기파랑이 이해가 안 된다는 듯 상인의 앞에 놓여 있는 고기덩이들을 지켜봤다. 열 다섯명은 족히 먹일만한 양의 고기가 놓여 있었건만 도대체 몇 명이나 이 고기들을 사놓았단 말인가?

그런데 그때 은섬이 손을 들며 말했다.

"아저씨 고기 더 주세요."

"하하! 곧 가져다 주마!"

상인은 해맑은 얼굴로 고기덩이들을 들고 은섬에게 걸어갔다.

은섬은 귀신이라도 들린 듯 엄청난 양의 고기들을 먹어치우기 시작했다.

도대체 저 작고 가녀린 몸의 어디로 고기가 들어가는 걸까.

수수께끼나 다름없었다.

'젠장 할!'

들개들을 먹여 살리기 위해서는 반드시 많은 양의 생고기가 필요했던 기파랑은 할 수 없이 들개들을 이끌고 마을을 떠났다. 태무선이 있는 마을을 약탈할 순 없었기 때문이었다.

그렇게 마을을 떠나온 기파랑은 또다시 산을 헤매고 마을을 찾아 움직여야 했다.

"시간이 없다!"

들개들이 아사하기 선에 기파랑은 들개들을 이끌고 마을을 찾아 달리고 또 달렸다.

"왜!?"

기파랑은 마을의 입구에서 입을 떡 벌린 채 자신의 앞에서 보란 듯이 꼬치구이를 먹는 태무선과 은섬을 마주했다.

태무선 술병을 손에 쥐고 다른 손으로는 고기만으로 만든 고기꼬치를 손에 들고 있었다.

은섬은 무려 다섯 개의 꼬치를 양손에 들고 입에는 꼬치 양념을 가득 묻힌 채 철없는 아이처럼 고기를 뜯어댔다. 그녀의 모습은 마치 랑아의 어릴 적 모습을 보는 듯했다.

"여긴 또 어쩐 일이냐?"

태연자약하게 고기와 술을 즐기는 태무선의 물음에 기파
랑은 뭔가 이상함을 느꼈다.

'뭔가… 뭔가가 일어나고 있다!'

이제는 묻지도 따지지도 않고 마을을 벗어난 기파랑은
품속에서 지도를 꺼내 가장 가까운 마을을 찾아 눈알을 굴
렸다.

"이번만큼은!"

적아단의 최고 강점이 무엇인가 그것은 바로 잘 훈련된
무인들조차 쫓을 수 없는 엄청난 기동성이 아니던가?

"달려라!"

기파랑은 랑아의 위에 올라타 소리쳤고, 랑아는 들개들
을 이끌고 기파랑이 안내하는 마을을 향해 힘껏 내달렸다.

이번에도 그들이 나아가는 길에서는 그 흔한 들짐승의
흔적조차 찾을 수 없었다.

* * *

"왔냐."

태무선이 빙긋 웃으며 손을 흔들자 기파랑은 제자리에
주저앉아 허망한 표정을 지었다.

이 마을로 오기 위해서 반나절 내내 쉼 없이 달렸다. 그
런데 태무선과 은섬은 이미 기파랑과 들개들이 이곳을 찾
아올 것을 알고 있었다는 듯 고기를 구우며 웃고 있었다.

기파랑은 태무선의 미소를 보며 악귀의 미소라고 생각했다.

"도대체 우리에게 무슨 짓을 하고 있는 거냐!"

기파랑의 외침에 태무선은 그게 무슨 말이냐는 듯 어깨를 으쓱이며 고개를 갸웃거렸다.

"무슨 말이야?"

자신은 아무것도 모르겠다는 듯한 태무선의 태도에 화가 난 기파랑이 자리를 박차고 일어서 태무선을 향해 손가락질했다.

"모르는 척하지 마라! 내 네놈들의 속셈을 모를 줄 알고!?"

"저 녀석 뭐라고 하는 거냐?"

"모르겠습니다. 보아하니 며칠을 굶더니 정신이 나간 모양이군요."

태무선과 은섬은 모르쇠로 일관하며 기파랑을 무시했다.

은섬은 잘 구워진 고기 덩어리를 들고 일어서서 랑아에게 내밀었다.

"이리와봐."

이미 굶을 대로 굶은 랑아는 뭔가에 홀린 듯 은섬에게 다가가 침을 질질 흘려댔고, 은섬은 고기를 빠르게 흔들어 식혀준 후 랑아의 입에 넣어주었다.

입 안에 고기가 들어온 랑아는 허겁지겁 고기를 먹어치

웠고 은섬은 랑아의 머리를 쓰다듬어주었다.

"아이구 많이도 굶은 모양이구나."

"끼이잉……."

자존심 강한 들개들의 왕 랑아는 자존심도 내팽개치고 은섬의 몸에 얼굴을 부비며 흐느꼈다.

은섬은 이런 랑아의 털을 손가락으로 쓸어내리며 랑아를 위로했다.

"이런… 우리 랑아가 많이 배고픈 모양이구나. 누나가 더 줄까?"

랑아는 은섬의 말을 알아듣기라도 하는 듯 눈을 반짝이며 꼬리를 흔들어댔다.

멀리서 이를 지켜보던 들개들이 구슬프게 울어대기 시작했다.

"젠장……."

이대로 가다간 들개들의 장악력도 태무선과 은섬에게 빼앗기게 생긴 기파랑은 할 수 없이 태무선을 향해 다가갔다.

"워… 원하는 게 뭐냐."

"없어."

"우리에게 원하는 게 없으면서 왜 이런 짓을 하는 거야!?"

"다시 말하지만 나는 네게 원하는 게 없어. 네 들개들에게도 원하는 게 없고."

태무선은 술병을 손위에서 빙글빙글 돌렸다.

술병사이로 흘러나오는 잘 숙성된 술의 향과 고기의 향이 남들보다 예민한 후각을 지닌 기파랑을 유혹했다.

"그런데… 너는 내게 원하는 게 있는 것 같군."

태무선이 기파랑을 바라보며 은근한 목소리로 말하자 기파랑은 태무선의 속내를 알아차리고는 고개를 숙일 수밖에 없었다.

"나를… 적아단을……."

두 주먹을 강하게 말아쥔 기파랑이 힘겹게 말을 끝마쳤다.

"거두어주게."

"좋아."

태무선은 기다렸다는 듯이 손을 들었다.

건장한 체격을 가진 사내들이 고기를 가득채운 수레들을 이끌고 왔다.

"일단 네 들개들부터 먹여야지. 아사하기 전에."

"알, 알겠다!"

기파랑이 명령하기도 전에 달려온 들개들은 고기들을 허겁지겁 먹어치우기 시작했다.

그 사이에서 기파랑은 태무선이 건네준 술과 고기를 먹어치우며 허기를 달랬다.

"그나저나 한명이 더 있지 않았나?"

고기를 먹으며 허기를 어느 정도 달랜 기파랑의 물음에

태무선과 은섬이 서로를 바라보며 입을 살짝 벌렸다.

"아."

* * *

"이놈들! 썩 꺼져라!"

한편, 이름 모를 산에서 마중혁은 도를 허공에 이리저리 휘두르며 야생동물들을 내쫓고 있었다.

땀까지 뻘뻘 흘려가며 동물들을 내쫓던 마중혁은 자신의 이마에 솟아난 구슬땀을 닦아내며 미소 지었다.

"이정도면 되겠지?"

마중혁은 감각을 극대화하며 혹시나 숨어 있을지 모르는 야생동물들을 찾아 움직였다.

현재 그는 태무선의 명령으로 기파랑이 움직이는 경로를 예측해 그들의 사냥감을 모조리 쫓아내는 중이었다.

그게 가능했던 것은 은섬이 기파랑의 곁을 스쳐지나가며 그의 옷에 몰래 묻혀둔 천리추종향 덕분이었다.

태무선의 명령을 훌륭히 수행해낸 마중혁은 도를 힘껏 치켜들며 소리쳤다.

"하하. 망할 잿머리 녀석! 네가 아무리 날고기어도 주군의 가장 충직한 부하는 바로 이 마중혁님이다!"

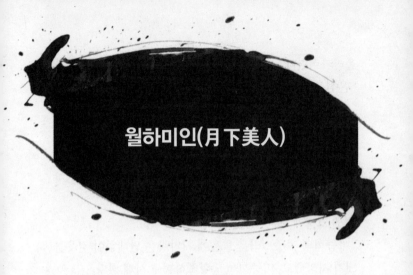

월하미인(月下美人)

"한 가지 부탁이 있소."

"싫어."

"얘… 얘기라도 들어보는 게…….."

"싫어."

이미 귀찮음이 절정에 달한 태무선은 더 이상 아무것도 하고 싶지가 않았다.

이제 그저 산중객잔으로 돌아가 적어도 이주간은 아무것도 안 할 생각이었다.

"제발 한번만이라도 들어보시오!"

기파랑의 애원에도 태무선은 강경하게도 객잔의 객실로

올라가버렸다.

은섬은 객실로 올라가는 태무선을 따라 올라갔다.

결국 남겨진 것은 뒤늦게 객잔을 찾아와 때늦은 저녁식사를 시작한 마중혁과 기파랑 뿐이었다.

대화를 나눌 대상이 모두 사라진 기파랑은 은근슬쩍 마중혁을 바라봤고, 식사를 이어나가던 마중혁은 자신을 향한 기파랑의 뜨거운 시선에 인상을 찡그렸다.

"뭘 그렇게 보는 거야."

마중혁의 짜증스러운 물음에 기파랑은 난데없이 겉옷을 벗기 시작했고, 마중혁이 당황해하며 손사래 쳤다.

"난 그런 취향이 아니야!"

마중혁의 주먹이 기파랑의 얼굴을 가격했다.

"끄억!"

얼굴을 얻어맞은 기파랑이 바닥을 뒹굴자 마중혁이 손을 털고 일어섰다.

"별 미친놈을 다 보는구만!"

마중혁이 인상을 쓰며 돌아서자 얼굴을 부여잡은 채 자리에 주저앉은 기파랑이 객실의 위층을 올려다보며 원망스러운 얼굴로 중얼거렸다.

"저 악귀 같은 놈들……."

다음 날 태무선이 산중객잔으로 돌아갈 채비를 했다.

기파랑이 태무선의 곁을 맴돌며 겉옷을 자꾸만 들추려하

자 이를 지켜보던 마중혁이 자신의 도에 손을 뻗었다.

"아무래도 저 미친놈이 제 정신이 아닌 모양이야."

"왜 저러는 거야?"

은섬의 물음에 마중혁이 고개를 저으며 도를 반쯤 뽑았다.

"아무래도 저 녀석 남색을 밝히는 모양이다. 어제도 내 앞에서 옷을 벗더라고."

"네 앞에서?"

못 볼 꼴을 봤다는 듯 은섬이 인상을 마구 찡그리며 마중혁을 위아래로 훑으며 말했다.

"특이 취향인건가."

"뭐? 내가 특이하다는 거냐?"

"안 그러면 널 상대로… 어휴."

은섬은 상상조차 하기 싫다는 듯 고개를 저으며 마중혁을 외면했다.

은섬의 외면에 마중혁이 마음에 상처라도 받았는지 길길이 날뛰었다.

"이놈아, 내가 지금이야 이렇지 소싯적에는……."

"말도 안 되는 얘기하지 말고. 저놈이 주군의 손에 죽기 전에 말리자고."

은섬은 마중혁의 말을 가볍게 무시한 후 기파랑이 태무선의 주먹에 맞아 죽기 전에 그를 말리려 움직였다.

'이놈은 또 왜 이러는 거야.'

태무선은 자신의 앞에서 자꾸만 자신의 검상을 보여주는 기파랑을 바라봤다.

마치 이 상처가 왜 생겼는지 물어봐달라는 듯한 기파랑의 끈질긴 구애에도 태무선은 기파랑을 아예 없는 사람 취급했다.

검상에 대해 묻는 순간 귀찮은 일들이 몰아칠게 분명했기 때문이다.

'이 독한 놈!'

기파랑은 옆구리를 긁는척하며 상처를 들췄고, 기지개를 켜는척하며 들췄다.

이러한 기파랑의 피나는 노력에도 태무선은 그에게 눈길조차 주지 않았다.

대신 은섬이 단검을 꺼내든 채 기파랑을 향해 다가왔다.

"한번만 더 옷 들추면 죽여버릴 거야."

진심이 묻어나오는 은섬의 말에 기파랑이 고개를 푹 숙였다. 어깨를 들썩이며 흐느끼던 기파랑은 자신을 무시한 채 앞으로 걸어가는 태무선과 그의 일행들을 향해 발악하듯 소리쳤다.

"야 이 매정한 놈들아! 사람이 이렇게까지 하면 이유라도 물어보는 게 인지상정이 아니더냐!"

기파랑의 외침에 마중혁이 그의 뒤통수를 후려갈겼다.

따악—!

경쾌한 타격음과 함께 기파랑의 고개가 푹 숙여졌다.

"이 미친놈아. 헛소리 그만하고 곱게 따라 와라. 한번만 더 떠들면 입을 뭉개버릴 테니까."

"그래! 마음대로해라 이놈들아! 차라리 날 죽여 이놈들아!"

기파랑이 죽이라며 소리 지르자 은섬이 단검을 꺼내들었고, 마중혁이 도를 꺼냈다.

순식간의 두 개의 칼날이 기파랑을 향했지만, 랑아와 들개들은 멀찍이서 구경을 할 뿐 기파랑을 구하려 나서지 않았다.

"제길……."

마교는 물론이요, 가족같이 길러온 들개들에게도 외면받게 된 기파랑에 세자리에 주지앉이 엉엉 울기 시작했다.

귀청을 때리는 기파랑의 울음소리에 태무선은 자신이 귀찮음 다음으로 싫어하는 게 존재한다는 것을 깨달았다.

"다 큰 놈이 왜 우는 거냐."

태무선이 당장에라도 누굴 죽일 것만 같이 싸늘한 얼굴로 다가오자 기파랑이 자신의 상처를 들이밀며 말했다.

"이 상처는 내가 혈연만큼 믿고 있던 놈들에게 배신당해 생긴 상처다! 내가 들개들을 기르고 적아단을 만든 것도 그놈들에게 복수하기 위함이었지! 하지만 이대로 마교에 가게 되면 나는 언제 복수한단 말이냐! 복수하기도전에 무림맹과 사악교에게 죽겠지!"

입 다물라고 하기도전에 자신의 얘기를 털어놓은 기파랑

이 태무선을 올려다보며 말을 이어나갔다.

"그러니… 최소한 마교로 가기 전에 내 복수를 먼저 이뤄줘! 자네들의 힘과 적아단의 힘을 합치면 내 복수쯤이야 금방 끝날 테니!"

"후우……."

귀찮았다.

복수고 뭐고 또 누군가랑 싸워야 한다는 얘기였으니 걷는 것조차 귀찮았던 태무선은 깊디깊은 한숨을 내쉬었다.

"거기가 어딘데?"

기파랑의 얼굴이 환해졌다.

* * *

"여기가 맞아?"

잔뜩 심통 난 듯한 태무선의 물음에 기파랑의 얼굴이 어둑해졌다.

"여, 여기가 분명한데."

무려 이틀 동안을 달려온 곳이다.

태무선과 기파랑등이 도착한곳은 기암문(奇巖門)이라는 중소문파였다.

하지만 그들이 도착한 기암문은 반쯤 부서져 아슬아슬하게 걸려 있는 기암문의 현판과 형체를 알아볼 수 없을 만큼 박살난 정문이었다.

기파랑은 이해가 안 된다는 듯한 얼굴로 허겁지겁 기암문의 안쪽으로 들어갔다. 그곳엔 지난 싸움의 흔적들이 곳곳에 남아 있었다.

"문파간의 싸움이 있었던 모양입니다."

은섬이 주변을 둘러보며 말했다. 그녀의 말처럼 기암문에선 문파간의 싸움을 보여주듯 부러진 검신들과 움푹 팬 벽, 무너진 건물들의 잔해 그리고 핏자국들이 눈에 띄었다.

믿을 수 없는 광경에 허망한 얼굴로 기암문의 중심부로 달려가던 기파랑은 건물의 기둥에 등을 기댄 채 주저앉아 있는 한 남자를 발견했다.

"양주청!"

기파랑의 부름에 양주창이라 불린 남자가 고개를 돌려 기파랑을 바라봤다.

"기…파랑?"

"이게 어떻게 된거냐!"

"흐흐… 네놈에게 이런 모습을 보여주게 되리라곤… 상상도 하지 못했군. 쿨럭!"

양주창이 각혈을 토해내자 기파랑의 그에게 빠르게 다가갔다.

가까이서 살펴본 양주창의 상태는 매우 심각했다.

'기혈이 뒤틀리고 부러진 뼈가 내장을 상하게 했어!'

기혈은 뒤틀렸고, 부러진 뼈가 장기들을 찔러 내부에서

출혈이 일어나고 있는 상황이었다.

십수 년 간 양주창의 죽음만을 바라던 기파랑은 자신도 모르게 그를 부축하려 팔을 뻗었다.

그러나 양주창은 기파랑의 손길을 거부했다.

"지금 과거의 숙원 따위를 따질 때가 아니지 않은가!?"

기파랑이 답답한 듯 말하자 양주창이 피가 섞인 웃음으로 고개를 저었다.

"내 몸은 내가 더 잘 알아… 난 이미 글렀어."

"멍청한 소리 말아! 네 놈은 죽더라도 내 손에 죽어야 해!"

기파랑이 억지로라도 양주창을 부축하려 하자 양주창이 기파랑을 힘겹게 밀어내며 입술을 열었다.

"무신각(武神閣)."

"무신각?"

"조심하게… 나는 그러지 못 했으니."

양주창은 몸을 기둥에 더욱 깊숙이 기대며 눈을 감았다.

지금 당장 죽지는 않았으나 양주창의 몸은 빠르게 죽어가고 있었다. 그가 기암문과 함께 운명을 다하기를 결심했다는 것을 깨달은 기파랑은 더 이상 양주창을 끌어당기지 못하고 일어서야 했다.

안채에서 걸어나온 기파랑은 태무선을 향해 물었다.

"혹시 무신각이라는 곳을 알고 계시오?"

기파랑의 물음에 태무선은 은섬을 바라봤다. 무림맹도 제대로 알지 못했던 태무선이 무신각이라는 곳을 알 리가 없었다.

은섬은 팔짱을 낀 채 골똘히 생각에 잠겼지만 이윽고 고개를 저어야 했다.

"몰라."

은섬이 모른다면 태무선도 모르는 거였으니 태무선은 지체 없이 모른다 답했다.

기파랑은 고개를 주억거리며 힘없이 계단을 내려왔다.

"갑시다. 나의 복수는 누가 대신 이루어준 듯하니."

십수 년에 걸친 원수와 그의 문파가 한순간에 풍비박산 났긴만 기파랑의 표정은 밝지 못했다.

그러나 기파랑의 복수가 어떻든 기암문이 박살났든 말든 별 관심이 없었던 태무선은 기파랑과 그의 들개들을 데리고 산중객잔을 향해 신형을 돌렸다.

* * *

"무신각이라……."

사강목과 황룡산은 얼마 전 장호련이 내밀고간 무신각이라는 곳의 정보가 담긴 서류더미를 함께 내려다보았다.

신성(新星)처럼 나타난 무신각은 높다란 하나의 탑이었다.

아무것도 없는 산속에 지어진 이 높은 탑은 스스로를 무탑(武塔) 혹은 무신각이라 칭하고 있었는데 그들이 나타난 것은 비교적 최근이었다.

"조사해볼 필요가 있는 것 같은데."

황룡산은 무탑에 상당한 흥미를 보였다. 그도 그럴 것이 호기심에 무탑으로 향해간 무인들 중 몸성히 돌아온 자가 없었다. 그 중에는 꽤나 이름 있는 문파의 고수들도 더러 존재했다.

일각에서는 무신각을 함부로 욕보였다가 문파자체가 멸문한 곳이 있다는 흉흉한 소문이 돌 정도였다.

"하지만 이렇게 교주님을 움직이게 했다간 꼬리를 밟힐 수도 있소."

사강목이 우려하는 것은 태무선이 무림맹에 자신의 모습을 드러냈음이었다.

맹에서는 한번 본 것은 잊지 않으며, 사람의 얼굴을 마치 실제처럼 그려내는 화가들이 존재했다.

전 중원에 존재하는 무림맹의 여러 지부들에겐 이미 태무선의 인상착의가 공유되었을 테니 머잖아 태무선이 움직임을 무림맹이 알아차릴게 뻔했다.

그 무엇보다 태무선의 안전이 우선이었던 사강목은 태무선이 직접 움직이는 것이 꺼려졌다.

"하지만 우리 중에서 그 녀석만큼 확실한 녀석도 없잖아."

"그건 그렇지만······."

이 모든 위험성에도 불구하고 태무선이 움직여야 하는 이유는 그의 묘한 매력 때문이었다.

이상하게도 태무선의 걸음마다 그의 추종자나 부하들이 생겨나고 있으니 힘이 부족한 마교에서는 태무선의 신묘한 매력이 절실했다.

"일단 비역만의 정보통을 이용해 무신각에 대해 조사하는 것이 좋겠소."

"그편이 가장 확실하지. 나도 내 부하들을 이용해 무신각에 대해 알아볼게."

"또한 현재 무림맹과 사악교의 움직임이 심상치 않은 것 같소."

사강목은 속속히 들어오는 무림맹과 사악교의 심상치 않은 움직임에 촉각을 세우는 중이었다.

그들이 움직이는 이유야 뻔했다.

무림맹에서 모습을 드러낸 마교의 새 교주인 태무선을 잡기 위함이리라.

태무선에 대한 걱정과 고민으로 고뇌하는 사강목을 보며 황룡산이 나지막이 물었다.

"이런 식으로 세력을 키워나가다간 오 백년 후엔 무림맹과 대등하게 겨룰 수 있겠지··· 사강목. 자네는 어떤 미래를 그리고 있는 겐가."

"어떤 미래라······."

"솔직히 무림맹과 사악교에 흡수되지 않은 무인조직들을 마교가 흡수해봤자 그들에 대항한다는 것은 달걀로 바위를 깨는 것과 별반 다르지 않아. 자네도 잘 알고 있지 않은가?"

녹림십팔채의 채주인 황룡산은 냉철하게 현 마교의 상황을 설명했다.

누구보다 현 마교의 상황을 잘 알고 있던 사강목은 씁쓸한 표정으로 입을 열었다.

"이런다고 마교가 예전의 영광을 되찾을 거라 믿진 않소."

"그럼에도 자네는 쉬지 않는군."

"그야… 그건 당신과 마찬가지요. 녹림은 왜 마교와 함께 하기로 한 것이오?"

사강목의 물음에 황룡산이 피식 웃으며 탁자를 손끝으로 두드렸다.

"이번 마교의 교주가 재미있었기 때문이지."

"나도 마찬가지요. 사실 나는 마교가 없다면 아무것도 아닌 존재요. 그렇기 때문에 나 자신을 지키기 위해 마교를 지켜온 것이오. 그런데……."

사강목의 눈동자가 아련해졌다.

"내가 본 첫 교주이자 마지막 교주였던 지강천의 제자가 마치 운명처럼 나타났소. 죽은 줄 알았던 마교의 교주, 투신의 제자가 나타났고. 해질녘의 태양처럼 저물어가던 내

66

희망을 다시금 끌어올렸소."

주먹을 불끈 말아쥔 사강목은 황룡산을 향해 그답지 않은 밝은 미소를 보였다.

"난 그저 교주님을 믿을 뿐이오."

* * *

"개주인은?"

"랑아와 함께 밖에서 잔다고 나갔어. 아무래도 들개들을 바깥에 그냥 두는 게 마음에 걸렸나봐."

"지극정성이로구만. 하긴, 그러니 들개들의 주인이 되었겠지."

마중혁은 언제나 은섬의 앞에 화려하게 펼쳐져있는 음식들을 향해 젓가락을 뻗으며 입을 오물거렸다.

태무선의 일행들은 남다른 은섬의 식비 때문에 항상 경비가 빠듯했는데 한 가지 장점이라면 그 지역의 특산물로 만들어낸 온갖 음식들을 향유할 수 있다는 것이었다.

어느새 미식가가 되어버린 마중혁은 음식들의 풍미를 입안 가득히 즐기며 어느새 식사를 마치고 차를 마시고 있는 태무선을 바라봤다.

"무슨 걱정이라도 있으십니까?"

마중혁의 물음에 태무선은 들고 있던 찻잔을 내려놓았다.

"아니 한 가지 신경 쓰이는 게 있는데 어떻게 할까 고민 중이야."

"교주님께서 신경 쓰이는 게 있단 말씀이십니까?"

"귀찮으니까 그냥 무시해야겠다."

뜻을 알 수 없는 말을 중얼거리며 찻잔을 완전히 비워낸 태무선은 자리에서 일어나며 은섬의 머리를 가볍게 쓰다듬었다.

"많이 먹고 들어가거라."

"알겠습니다."

태무선이 자리를 떠나자 마중혁은 불만어린 얼굴로 은섬을 노려보았다.

그의 시선이 신경 쓰였던 은섬이 젓가락을 만두에 찔러 넣으며 퉁명스럽게 말했다.

"뭐냐."

"아무것도 아니다."

아무것도 아니라며 점소이를 시켜 술을 시킨 마중혁은 입술을 삐죽 내밀었다.

사실 마중혁은 요즘 고민이 한 가지 생겼다.

'확실하다 확실해… 주군은 나와 이 망할 꼬맹이를 차별하고 있는 게 분명해.'

마중혁은 태무선의 명령을 수행하기 위해 야생동물을 쫓아온 산을 돌아다녀야 했다.

그런데 은섬은 그동안 뭘 했는가?

태무선의 곁에서 돼지같이 처먹기만 할 뿐 별다른 고생을 하지 않았다.

처음엔 돼지와 비견되는 위장을 가진 은섬이 할 수 있는 일이 돼지같이 먹는 것이니 그러려니 했지만, 마중혁은 기분이 별로 좋지 않았다.

'어떻게 해야 이 요망한 잿머리를 쫓아낼 수 있을까…….'

마교주인 태무선의 관심을 한 몸에 받기 위해서는 은섬을 하루라도 빨리 내쫓아야 한다고 생각한 마중혁은 고민에 고민을 거듭하며 점소이가 가져다 준 술을 병째로 마셨다.

"나도 줘."

은섬이 마중혁에게서 풍기는 술내음에 반응하여 손을 내밀자 마중혁이 손끝으로 은섬의 이마를 찌르며 말했다.

"꼬맹아, 이런 술은 너 같은 어린놈이 마실 게 못된다. 물이나 마시거라."

"나도 마셔봤으니까 당장 내 놔."

"그럼 네 것은 네가 시켜! 이건 내거니까."

은섬의 손길을 떨쳐낸 마중혁이 술병을 자신의 품에 끌어당기며 고개를 돌렸다.

은섬의 무시무시한 두 눈을 마주하기 싫었기 때문이다.

그런데 고개를 돌린 마중혁의 시선에 두 명의 여인과 두 명의 남자가 들어왔다.

평범한 중년여인과 그녀의 곁에 앉아 있는 여인은 딱 봐도 고풍스러움이 느껴졌다.

　그녀는 면사로 얼굴의 반을 가리고 있었지만, 그녀의 미모는 반을 가렸음에도 찬란하게 빛이 났다.

　새하얀 피부와 흑요석을 박아넣은 듯한 눈동자.

　칠흑 같은 머리카락은 윤기가 흘렀고, 비단같이 부드러워 보였다.

　게다가 젓가락을 쥔 손은 가느다랗고 하얗게 빛났으며 음식을 먹기 위해 들춰진 면사사이로 비춘 그녀의 입술은 홍시처럼 붉었다.

　'대단한 미인이로구만. 이런 변방에서 저런 미녀를 보게 될 줄이야.'

　무공과 마교 그리고 교주인 태무선 외에는 그 무엇에도 관심을 갖지 않는 마중혁조차 감탄할만한 미모를 지닌 여인은 조심스럽게 자신의 앞에 놓인 음식을 집어먹었다.

　그녀를 호위하는 듯한 두 명의 남자와 중년여인은 음식을 거의 먹지 않고 주변을 살피고 있었다.

　그 중 한명이 여인을 지켜보던 마중혁과 눈이 마주쳤다.

　'눈알을 뽑아버리기 전에 고개를 돌려라.'

　남자는 이렇게 말하는 듯했고다. 다른 이였다면 남자에게서 느껴지는 범상치 않은 기운에 황급히 고개를 돌렸을 테지만, 마중혁은 달랐다.

　그가 누구인가!

마흉도라 불리던 마교의 절정고수이자 정파 무인들의 공포로 불리던 남자가 아닌가.

마중혁은 지지 않고 남자를 노려봤다.

'네 눈알을 뽑아주마.'

마중혁이 시선을 떼지 않자 남자와 마중혁의 시선이 서로를 향했다.

둘 사이에 묘한… 아니 아주 강렬한 기운이 부딪쳤다.

그들의 기운이 서로를 향해 날카로운 기세를 흩뿌리는 사이, 은섬은 마중혁의 품속에 고이 모셔진 술병을 잡아들었다.

"꿀꺽― 꿀꺽―!"

어디선가 들려오는 경쾌한 목 넘김 소리에 화들짝 놀란 마중혁이 남자와의 눈싸움을 멈추고 자신의 술병을 찾아봤지만 그 어디에도 그의 술병은 보이지 않았다.

재빨리 소리가 난 곳으로 고개를 돌린 마중혁은 은섬이 병째로 술을 들이켜고 있음을 발견하곤 소리쳤다.

"이 망할 잿머리가! 네 술은 네가 시키랬지!?"

"다 커가지고 쪼잔하기는!"

"이리 안 내 놔!?"

"싫어."

마중혁의 우악스러운 손길을 부드럽게 피해낸 은섬은 그가 술병을 뺏어가기 전에 술 병째로 들이켜기 시작했다. 마중혁은 온힘을 다해 은섬에게서 자신의 술병을 빼앗는데 성공했다.

그러나 이미 술병 안의 술은 모두 동난 상태였다.

"이… 이!"

화가 머리끝까지 치민 마중혁이 주먹을 들어올렸다.

당장에라도 은섬의 머리를 쥐어박고 싶었지만, 차마 술 하나 때문에 어린애를 대놓고 때릴 순 없었다. 마중혁은 깊은 한숨을 내쉬며 손을 들었다.

"저기 방금 먹던 술과 같은 걸로 하나 더 내어 오거라."

"죄송합니다만 손님… 오늘 준비해둔 술이 모두 떨어졌습니다."

"뭐라고? 아니 어느 객잔이 준비해둔 술이 없단 말이냐?"

"죄송합니다! 오늘 낮에 저희 객잔에 들른 손님께서 술을 상당히 많이 마셔서……."

점소이가 가리킨 곳엔 내용물을 완전히 비워낸 술병이 쌓여 있었는데 그 수가 일주일은 족히 팔 수 있을 만큼 많았다.

"어후! 어으윽! 이 괘씸한 잿머리가!"

마중혁은 은섬을 찾아 고개를 돌렸지만, 이미 모든 음식과 술을 마신 은섬은 탁자에 머리를 처박고 자고 있었다.

차마 자고 있는 은섬을 때릴 수 없었던 마중혁은 온갖 짜증을 내봤지만 누구도 그의 속사정을 알아주진 못했다.

"이만 들어가시지요. 저기 웬 원숭이가 객잔을 소란스럽게 하는군요."

"알겠습니다."

두 명의 남자와 중년의 여인이 젊은 여인을 데리고 자리에서 일어나자 멀리서 그들의 대화를 듣고 있던 마중혁이 이를 갈았다.

"뭐? 원숭이? 설마 나보고 원숭이라고 한 건 아니겠지?"

"원숭이답게 귀가 밝은 모양이구나."

대놓고 자신을 무시하는 남자의 대답에 마중혁이 간신히 붙들고 있던 이성의 끈이 뚝 끊어지고 말았다.

마중혁은 두 주먹을 말아쥔 채 남자를 향해 다가갔다.

"그래… 내가 요 근래 상당히 착하게 지냈지… 이건 나답지 않았어."

"암천. 그만하세요."

여인이 청초한 목소리로 말하자 당장에라도 마중혁과 힘을 겨룰 것처럼 굴던 남자가 고개를 숙였다.

"죄송합니다."

고개를 숙이는 남자의 모습에 마중혁이 비릿한 웃음을 지으며 말했다.

"하하하! 겨우 계집에게 고개를 숙이는 꼴이라니. 이제 보니 네놈은 개였구나. 충직하기가 내가 본 어느 똥개와 아주 닮아 있어."

마중혁의 모욕에도 남자는 미동조차 하지 않았고, 대신

젊은 여인이 앞으로 나섰다.

"죄송합니다. 기분이 나쁘셨다면 제가 대신 사과드리겠습니다."

여인이 면사를 벗으며 사과를 건넸다.

면사를 벗기 전에도 아름다움이 풍기던 여인은 면사를 완전히 벗자 그 아름다움이 이루 말 할 수가 없었다.

한동안 넋놓고 여인을 바라보던 마중혁은 뭔가에 홀린 듯 고개를 끄덕이며 뒷머리를 긁적였다.

"그게… 그럴 수 있다고… 생각하오. 하하."

한순간에 마음이 누그러진 마중혁은 사람 좋은 웃음을 지었다.

여인은 웃고 있는 마중혁을 보며 마주 미소를 지었다.

그 미소는 마중혁이 본 어느 여인들의 미소보다 아름다웠다.

"다행이네요. 그럼 저희는 이만…."

"아, 아 조심히 들어가시오……."

고개를 살짝 숙인 여인이 신형을 돌려 객잔을 빠져나가자 마중혁은 그들의 모습이 완전히 사라질 때까지 멍하니 바라볼 수밖에 없었다.

"쿵! 천하제일미가 여기있었구만."

아쉽다는 듯 입맛을 다시며 돌아선 마중혁은 탁자에 고개를 처박은 채 코를 골고 있는 은섬을 한쪽 어깨에 들쳐멨다.

"으으으… 멧돼지…….."

"술도 못하는 게 욕심은 머리끝까지 찼구나. 망할 잿머리."

"말하는 멧돼지야……."

자신의 머리를 툭툭 건들며 비실비실 웃고 있는 은섬을 보고 있자니 방금 전에 보았던 아름다운 여인이 떠오른 마중혁은 한숨을 푹 내쉬었다.

"누구는 저렇게 아름다운 여인과 함께 다니는데 나는……."

"으히히… 말하는 멧돼지다. 멧돼지는 맛없어……."

"말하는 새끼 돼지랑 함께 다녀야 한다니."

자신의 인생을 한탄하며 마중혁은 술 취한 은심을 데리고 객실로 올라가야 했다.

다음 날 아침.

태무선은 골골거리며 자신의 어깨에 머리를 기대는 은섬을 보며 마중혁을 향해 물었다.

"어제 뭘했길래 은섬이 이 모양인거야?"

"제 술을 뺏어 마시더니 혼자 취했습니다. 아무래도 취기가 남아 있는 모양입니다."

"쯧. 그러니 못하는 술 마시지 말라고 했잖아."

태무선의 타박에 은섬이 고개를 숙였다.

그 모습이 어찌나 통쾌했는지 마중혁은 저도 모르게 미

소를 지었다.

"너는 은섬이 술을 마시면 못 마시게 해야지."

"아, 예."

물론 그 미소는 오래가지 못했지만.

객잔을 빠져나온 태무선과 일행들은 산속에서 들개들과 잠을 자고 있던 기파랑과 합류했다.

산중객잔으로 돌아가기 위해서는 꽤나 먼 길을 돌아가야 했기에 태무선은 마지막 남은 경비를 털어 마차를 구했다.

대신 말까지는 구할 수 없었기에 말 대신 소 한 마리가 작은 마차를 끌어야 했다.

"산중객잔까지는 얼마나 가야 하는 것이오?"

"여기서 나흘은 가야 한다."

"꽤 걸리는구려."

마부석에 마중혁과 나란히 앉은 기파랑은 소를 보며 침을 흘리는 랑아에게 손짓하여 들개들을 최대한 멀리서 따라오도록 지시했다.

약 반나절동안 아무런 거리낌 없이 앞으로 나아가던 마차는 의외의 인물 그리고 상황에 의해 멈춰야 했다.

"무슨 일이지?"

쓰러진 마차와 죽어 있는 네 마리의 말.

마차를 멈춰 세운 마중혁은 마부석에서 일어나 쓰러진 마차를 향해 껑충 뛰었다.

"사람은 없군."

마차 안에 사람이 없음을 확인한 마중혁의 옆으로 기파랑과 랑아가 코를 벌렁거리며 다가왔다.

"피 냄새가 나는군. 근처요."

들개들의 주인답게 기파랑은 들개 못지않은 후각을 지니고 있었다.

그는 북쪽, 산이 있는 곳을 바라보며 코를 킁킁거렸다.

높은 산위에서 피내음이 흘러왔다.

"흠. 우리가 상관할 바는 아니지."

마중혁은 귀찮다는 듯 길을 막고 있는 마차를 향해 손짓했다.

"마차나 치우자고."

"아 알겠네."

진득한 피내음을 애써 무시한 기파랑은 마중혁과 힘을 합쳐 마차를 치웠다.

죽은 말은 랑아와 들개들이 처리했다.

서른여 마리의 들개들이 서열 순으로 말의 시체를 물어뜯자 죽은 네 마리의 말은 일다경도 안 되는 시간 만에 뼈만 남았다.

랑아를 포함한 높은 서열의 들개들은 각각 입에 뼈를 하나씩 물었다.

흐뭇하게 뼈를 하나씩 입에 물고 있는 들개들을 뒤로하고 마중혁은 소의 궁둥이를 때리며 마차를 앞으로 이끌었다.

하지만 마중혁의 마차는 얼마가지 못하고 멈춰서야 했다.

"허억… 허억!"

뒤늦게 산속에서 튀어나온 두 명의 무인이 다 찢어진 무복을 추스르며 어디론가 도망치기 시작했다.

그때 산 위에서 날아온 날카로운 두 개의 검이 도망치던 두 무인의 등과 허벅지에 틀어박혔다.

"도망가려거든 애초에 도망갔어야지."

어둑한 수풀사이로 두 남자가 나타나 쓰러진 무인들을 향해 걷다가 자신을 바라보는 한 마리의 소와 마중혁을 발견했다.

"어."

"음."

서로를 알아본 두 남자가 서로를 바라보며 각기 다른 표정을 지었다.

객잔에서 아름다운 여인과 함께 있던 남자, 암천을 여기서 발견한 마중혁이 인상을 살짝 찡그리자 암천은 숨을 헐떡이며 바닥을 기고 있는 무인을 향해 다가가 검을 뽑으며 말했다.

"네가 왜 여기 있는 거냐."

"끄흐윽!"

비명을 지르는 무인을 무시한 채 마중혁이 대답했다.

"왜긴 웬 마차 하나가 내가 가는 길을 막고 있어 치우느

78

라 여기 있는 거지."

마중혁의 대답에 마차를 바라본 암천이 어느새 뼈만 남아 버린 네 마리의 말들을 바라봤다.

설마 저 짐승같이 생겨먹는 놈이 생식이라도 하는 걸까.

암천의 고민은 오래가지 않았다. 마중혁의 뒤에 수많은 들개들이 각각 입에 뼈를 물고 있었기 때문이었다.

"소가 이끄는 마차와 이를 뒤따르는 들개들이라… 난잡하기 짝이 없군."

더 이상 마중혁에겐 관심이 없는 듯 고개를 돌린 암천은 허벅지에 자상을 입고 고통스러워하는 무인을 향해 싸늘한 목소리를 내뱉었다.

"맹에서 왔나?"

"끄으윽… 차라리 날 죽여라!"

"대답을 안 하는 것을 보니 무림맹에서 온 게 맞는 모양이군."

무림맹의 얘기가 흘러나오자 마중혁과 기파랑이 귀를 쫑긋 세웠다.

"왜 우릴 뒤쫓은 거지?"

"우린… 마……."

무인은 말을 끝마치지 못했다.

암천의 검이 무인의 심장을 꿰뚫었기 때문이다.

'잔인한 놈. 지가 물어놓고 대답하니 죽이다니.'

마교의 무인이자 마흉도라 불리우는 마중혁조차 암천의

잔인무도함에 치를 떨었다.

자신도 잔혹한 마교도라는 평을 많이 받는 편이지만 그렇다고 묻는 말에 대답했다고 죽이진 않았다.

게다가 다 듣지도 않고 죽이다니 암천의 손속은 매우 잔인무도하다 할 수 있었다.

'미친놈이었군.'

마중혁이 암천을 무시한 채 마차를 몰려 소의 궁둥이를 때리려는 순간, 산 아래에서 중년의 여인과 젊은 여인이 남자의 호위를 받으며 내려왔다.

객잔에서 봤던 여인이 면사도 쓰지 않은 채 나타나자 마중혁과 기파랑이 숨을 참았다.

"헙."

반평생을 들개들과 함께 야생에서 살아가느라 미녀는커녕 여자라는 생명체를 곁에 둔 적이 없었던 기파랑은 특히나 격한 반응을 보였다.

"저 여인은 혹시 선녀요?"

선녀라는 게 존재 할 리가 있겠냐만은 마중혁은 아니라는 말을 감히 할 수 없었다.

그도 그럴 것이 두 남자의 앞에 나타난 여인의 외모는 선녀의 것이라고 하더라도 전혀 위화감이 없었기 때문이었다.

"또 뵙네요."

여인이 마중혁을 알아보곤 미소 띤 얼굴로 말을 건네오

자 마중혁은 최대한 자연스럽게 고개를 끄덕였다.

"그렇구려."

마중혁의 대답을 들은 여인은 가볍게 미소 지으며 자신이 타고온 듯한 마차를 바라봤다.

기파랑과 마중혁이 대충 치워놓는 바람에 그녀의 마차는 길에서 동떨어진곳에서 뒹굴고 있었으며 바퀴 하나는 완전히 뭉개져있었다.

타고 갈 마차가 사라지자 여인의 시선이 자연스럽게 마중혁을 향했다.

"이곳으로 이틀거리에 장헌이라는 도시가 있어요. 죄송하지만 그곳까지 동행할 수 있을까요?"

여인이 제안에 준년여인과 남자, 안천이 꽤나 곤란한 표정을 지었다.

하지만 그들은 아무 말도 하지 못했다.

마중혁은 여인의 지위가 자신의 생각보다 높다고 생각함과 동시에 마차를 향해 입을 열었다.

"저… 어떻게 할까요?"

한편, 마차 안에서 눈을 감고 있던 태무선은 마중혁의 물음에 눈을 슬며시 떴다.

"뭐가?"

"마차를 잃은 일행이 저희에게 동승을 부탁하고 있습니다. 이곳에서 이틀거리에 있는 장헌이라는 도시까지 같이 가자더군요."

평소의 마중혁이라면 당연히 거절했을 제안이건만 그답지 않게 물어오자 태무선은 마차의 문을 열어 바깥으로 나왔다.

그곳에서 마주한 것은 이루 말할 수 없을 만큼 아름다운 여인과 한명의 중년여인 그리고 두 남자였다.

대강 돌아가는 상황을 파악한 태무선은 마중혁을 바라봤고, 마중혁은 태무선의 눈치를 살폈다.

"그러지, 마차 안에는 자리도 많이 남으니까."

"알겠습니다."

태무선의 허가가 떨어지자 여인은 보기좋 은 미소를 띠며 고개를 숙였고, 사뿐 걸음으로 중년여인과 함께 마차에 올라탔다.

여인과 중년인이 마차에 올라타자 마부석에는 암천과 다른 남자가 올라탔고, 두 명이 앉게 설계된 마차의 좁은 마부석엔 건장한 성인남자 네 명이 타게 되었다.

"옆으로 더 갈 순 없는 거냐."

비좁은 자리 탓에 마중혁과 몸을 붙이게 된 암천이 짜증스레 묻자 마중혁이 쌍심지를 켜며 성난 목소리로 대꾸했다.

"눈깔이 있으면 봐라. 더 갈 곳이 있어 보이냐?"

"좁아터진 싸구려 마차로군."

"싸구려 마차조차 없어 얻어 타는 주제에."

마중혁과 암천은 서로를 죽일 듯이 노려봤다.

이 상황이 몹시 마음에 들지 않았던 기파랑이 마중혁을 향해 작게 말했다.

"나는 랑아를 타고 가겠네."

"가긴 어딜 가."

"내가 있는 것보다는 없는 편이 더 편하지 않겠는가?"

"됐어. 여기 있도록 해."

마중혁은 기파랑이 어디가지 못하도록 그를 꽉 붙들었다.

물론 기파랑을 위해서가 아니었다.

'우리가 먼저 고개를 숙일 필요는 없지!'

기파랑이 마부석을 떠나면 왠지 지는듯한 기분이 들었기 때문이었다.

암천과 마중혁이 서로에게 눈을 부라리며 한 치의 양보도 없는 신경전을 벌였고, 그 옆에 탄 기파랑은 점점 피가 통하지 않는 듯한 자신의 허벅지를 매만지며 울상을 지었다.

"나는 왜……."

마중혁과 암천의 기 싸움으로 기파랑이 고통 받는 동안, 마차의 내부에서는 여인과 태무선이 인사를 나누었다.

"태워주셔서 감사합니다. 제 이름은 비현이라 합니다. 그리고 이쪽은 부용님이에요."

"부용입니다."

중년 여인이 고개를 숙이며 인사를 건네자 태무선이 고개를 끄덕이며 자신을 소개했다.

"태무선이요."

"은휘."

은섬은 여느 때와 같이 간단하게 자신을 소개한 후 비현을 똑바로 바라봤다.

'예쁜 여자네.'

비현은 같은 여자인 은섬이 보더라도 상당히 아름다웠다.

모난 부분이라고는 눈 씻고 찾아볼 수 없는 여인.

비현은 신기하다는 듯 마차를 둘러보며 붉은 입술을 열어 말했다.

"소가 이끄는 마차는 처음 타 봐요. 밖에서는 들개들이 호위하듯이 따라오고 있고요. 재밌네요."

이러한 상황들이 흥미로웠는지 여인은 웃으며 미소를 보냈다.

많은 남자들이 이런 비현의 미소를 봤다면 넋을 놓겠지만 태무선은 별 관심이 없는 듯 따분한 얼굴로 창밖을 내다보았다.

"하아암."

소가 이끄는 마차가 천천히 앞으로 나아갔다.

* * *

"미안하구나, 랑아."

기파랑은 면목이 없다는 얼굴로 랑아의 목에 고삐를 채워넣었다.

소 한 마리가 성인남녀가 무려 8명이나 탄 마차를 이끄는 건 무리였을까.

생각보다 속도가 상당히 더뎠고 소는 금세 지쳤다.

할 수 없이 들개 중에서도 가장 덩치가 큰 랑아를 이용하기로 마음먹은 기파랑은 랑아의 목에 고삐를 채웠다.

졸지에 마차를 끌게 된 랑아는 처량한 얼굴이었지만 거대한 말의 다리뼈를 씹으며 스스로를 달랬다.

"오늘은 여기서 쉬었다 가시죠."

쉬어갈 만한 마을에 도착하지 못한 일행은 한적한 공터에 마차를 세우고 야영준비를 했다.

들개들과 함께 야생에서의 삶을 살아온 기파랑은 꽤나능숙하게 야영준비를 했다. 부용과 암천 그리고 암악이라 불리는 남자는 비현이 편히 쉴 수 있도록 최선을 다했다.

"태 소협께서는 야영이 익숙하신 모양이군요."

지강천과 함께 온갖 곳에서 잠을 자본적이 있는 태무선은 아무렇게나 만든 잠자리에 몸을 뉘었다.

"잠자리를 따지는 편은 아니오."

"그렇군요."

비현은 태무선과 멀지 않은 곳에 자리를 잡았고, 은섬은 태무선의 바로 옆에 자신의 자리를 만들었다.

"태 소협은 어딜 가시는 건가요?"

"집으로 돌아가는 중이었소."

스스로 집이라 말한 태무선은 묘한 기분이었다.

'이제는 집이 되어버린 건가.'

마교의 교주라는 자리는 상당히 귀찮은 자리였지만, 막상 집이라고 말하자 딱히 나쁜 기분은 들지 않았다.

오히려 돌아갈 곳이 있다는 것은 마음 속 한켠을 든든하게 만들었다.

"집이라… 좋으시겠어요."

"빨리 돌아가 쉬고 싶은 마음이오."

"바쁜 일정을 보내셨나보네요."

"한동안은 그랬소."

"잘 마무리된 것 같으니 다행이에요."

비현이 미소를 보냈다.

태무선은 비현의 미소를 보며 참으로 어여쁜 여인이라 생각했다. 다만, 그게 전부였을 뿐.

"그럼 나는 먼저 자겠소."

태무선은 팔을 베게삼아 모포에 몸을 뉘이고 잠에 들었다. 나머지 일행들도 모닥불을 크게 피워놓은 채 잠을 청했다.

불침번은 필요 없었다. 랑아를 포함한 수많은 들개들이 일행을 보호하듯 동그랗게 자리를 잡고 있어 들짐승이나 외부인이 침입할 틈이 전혀 없었기 때문이다.

밤이 늦어진 시간.

암천과 암악, 부용이 잠에 든 것을 확인한 비현이 천천히 그리고 조심스럽게 자리에서 일어나 어디론가 걸어갔다. 먼저 눈을 뜬 것은 은섬이었다. 그녀는 비현이 어딘가를 향해 간다는 것을 알았지만 굳이 따라 나서진 않았다. 비현이야 어떻게 되든 별 관심이 없었으니 그녀가 어디로 가든 신경 쓸 바가 아니었기 때문이었다.

태무선이 일어나기 전까진.

'어디 가시는 거지?'

비현이 떠난지 얼마 안 가 태무선이 작은 한숨과 함께 자리에서 일어나 비현이 향한 곳으로 발걸음을 옮겼다.

비현에겐 관심이 없지만, 태무선에겐 관심이 과도하게 많은 은섬이 가만히 있을 리 없었다.

그녀는 살수답게 은밀하게 일어나 비현과 태무선이 향한 곳으로 몸을 옮겼다.

"이맘때쯤 달은 상당히 아름다워요. 선명한 달빛과 고고한 은빛은 사람을 현혹시키거든요."

비현은 손 끝에 달빛을 담으려는 듯 하늘에 떠오른 달을 향해 손을 뻗었다.

월하미인(月下美人).

태무선은 달빛 아래에 선 비현의 모습이 참으로 아름답다고 생각했다.

"제가 걱정되어 나오신 건가요?"

비현의 물음에 태무선이 어깨를 으쓱였다.

"그냥 여러 가지로 신경이 쓰여서."

"신경이 쓰였다라……."

비현이 말끝을 흐리며 태무선을 향해 사뿐히 걸어왔고, 태무선은 그런 비현을 가만히 바라봤다.

어느새 태무선의 바로 앞까지 다가온 비현에게서 향긋한 꽃내음이 풍겼다.

"제게 관심이 생기셨나요?"

손을 내밀면 닿을 거리까지 가까워진 비현을 향해 태무선이 고개를 끄덕였다.

"그렇소."

비현이 한걸음 더 가까워지자 이제 비현과 태무선은 서로의 숨결이 느껴질 정도로 가까워졌다.

"어떤 관심인지 물어봐도 될까요?"

비현의 물음에 태무선이 그녀의 눈을 똑바로 바라보며 말했다.

"무림맹은 왜 당신을 쫓아온 것이오?"

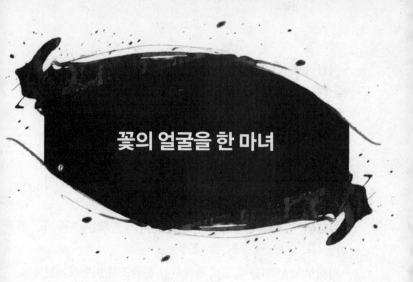

꽃의 얼굴을 한 마녀

예상하지 못한 질문이었을까. 아니면 그저 흥미로운 질문이었을까.

질문을 받은 비현은 손으로 입을 가리며 웃었다.

한동안 이어지던 비현의 웃음이 끝나고 그녀는 초승달처럼 휘어진 눈과 입으로 말했다.

"역시 태 소협은 신기한 사람이에요."

"신기하다는 얘기는 못 들어봤는데."

"그런가요? 적어도 제겐 누구보다 흥미롭고 신기한 사람인데 말이죠. 무림맹… 정확히 말하자면 무림맹의 특무대가 저를 쫓아온 이유는 간단해요."

비현이 웃음진 얼굴로 손가락 하나를 펼친 후 자신을 가리켰다.

"제가 마녀이기 때문이죠."

"마녀?"

"저는 중원을 유랑하며 힘들고 어려운 사람들에게 힘이 되어주려 노력하고 있어요. 저는 다른 사람들의 마음을 편안하게 해주는 재주가 있거든요."

그녀의 말처럼 비현은 사람을 편안하게 만드는 재주가 있었다.

실제로 낯선 이를 극도로 경계하는 은섬조차 비현에게만큼은 별다른 경계심을 보이지 않았고, 오죽했으면 기파랑 외의 사람의 손을 타지 않았던 들개들조차 비현에게는 온순했다.

"저와 대화를 나누던 사람들은 자신도 다른 이에게 도움이 되고 싶다면서 저와 함께 하고 싶어했고, 그 중에는 맹에 관련된 무인 분들도 여럿 계셨거든요."

짧은 대화로도 태무선은 상황이 어떻게 돌아가는지 대강 눈치챘다. 이 여인은 눈을 마주치는 것만으로도.

짧게 대화를 하는 것만으로도.

사람을 홀리는 재주를 갖고 있었고, 무림맹의 속한 여러 무인들 혹은 조직들이 이 여인을 따라 움직이며 맹에서 이탈했을 가능성이 높았다.

그러니 맹에선 이 여인을 마녀라고 부르는 것이다.

"제게 궁금한 것은 그게 전부인가요?"

숨결이 닿을 듯한 곳에서 비현이 물었고, 태무선은 고개를 들어 허공을 응시했다.

"저자에게 신경 쓰이게 하지 말라고 하시오. 가만히 있는다면 나도 가만히 있을 테니."

이 말을 끝으로 태무선은 신형을 돌려 산을 내려갔다.

홀로 남겨진 비현은 살짝 놀란 눈빛으로 멀어져가는 태무선의 뒷모습을 가만히 응시했다.

"이번이 두 번째인가요?"

웃음기가 담긴 비현의 물음에 아무것도 없는 어둠속에서 하나의 신형이 모습을 드러냈다.

"이거… 부끄럽군요."

어둠에 가려진 검은 신형은 밤처럼 어두운 칼날을 품속에 갈무리해 넣었다.

"암존께서는 저 남자를 어떻게 생각하시나요?"

"평범한 이는 아닙니다. 최소한 제 존재를 알아차렸으니까요."

"흥미롭네요."

"신녀께서는 저 남자에게 관심이 있으신가요."

"네."

비현은 솔직히 고개를 끄덕였다.

하늘에서 비추는 달빛 아래에서 환한 미소를 띠며 고개를 끄덕이는 비현의 모습은 감정을 지워낸 부용마저도 아름답다고 여길 정도였다.

"처음이에요."

이제는 완전히 사라져버린 태무선을 떠올리며 비현의 흑요석 같은 눈동자가 반짝였다.

"저를 이토록 무시할 수 있는 남자는…….”

싫으나 좋으나 비현은 모든 이의 관심을 한 몸에 받았다. 짧은 대화와 눈을 마주하는 것만으로도 모든 이가 비현을 갖으려 안달 냈다. 어렸을 적부터 탐욕의 대상으로 살아왔던 비현은 첨으로 자신에게 무욕적인 태도를 보인 남자를 마주하게 되었다.

그건 참으로 신기한 경험이었다.

"태무선이라."

비현이 그의 이름을 되뇌고 있을 적에 태무선은 자신의 자리로 내려와 몸을 뉘이며 비현을 떠올렸다.

'이상한 여자야.'

오랫동안 알고지낸 여인도 아닌데도 그녀와 함께 있으면 마음이 편안해지고 괜히 눈길이 갔다.

하지만 그럼에도 태무선이 그녀를 무시하고 돌아설 수 있던 것은 그의 본능 덕분이었다.

'분명히 귀찮은 일이 많아질 여인이다.'

세상에서 귀찮은 게 제일 싫었던 태무선은 비현과 거리를 멀리하리라 다짐했다.

모포를 정돈하면 잘 준비를 하던 태무선은 자신의 옆에

서 잠들어 있는 은섬의 모포를 그녀의 어깨까지 끌어올려 주었다.

왜인지 은섬의 거리가 꽤나 멀어진 것 같았지만, 태무선은 별 생각 없이 몸을 뉘이고 눈을 감았다.

스윽—

태무선이 잠에 든 것을 확인한 은섬은 자고 있는 그의 얼굴을 가만히 바라보다가 등을 돌렸다.

'아서라! 지금 교주님의 앞길을 막아설 작정이냐?'

잠자리에서 일어나 태무선의 뒤를 밟으려던 은섬의 앞을 마중혁이 가로막으며 한 말이었다.

"무슨 소리야. 주군께 무슨 일이라도 생길까 염려된 것뿐이다."

"힘없는 여인이 교주님을 상대로 뭘 할 수 있겠느냐. 그러니 교주님의 연애를 방해하지 말거라."

"연애라고?"

"그럼 이 야심한 밤에 두 젊은 남녀가 뭘 하겠느냐. 너도 보지 않았느냐 교주님과 비현이라는 여인의 사이에서 흐르든 묘한 기류와… 눈 맞춤을."

마중혁의 입에서 '연애'라는 단어가 튀어나오자 은섬은 커다란 망치로 머리를 얻어맞은 기분이었다.

마교의 교주가 연애라니?

그것도 오늘 처음 만난 여인과 묘한 기류를 흘리다니?

은섬으로서는 인정할 수도 이해할 수도 없는 상황이었다.

"주군이 어쩌자고 그런 여자와……."

"그런 여자라니. 너도 보지 않았느냐, 그 여인의 미모를."

단 한 번도 마중혁의 말에 입이 막혀본 적이 없었는데…….

은섬은 꿀먹은 벙어리처럼 할 말이 없었다.

이번에도 인정하긴 싫었지만 비현이란 여인의 미모는 상당했다.

지금껏 은섬이 보아온 어떠한 여인보다도 곱절 이상은 아름다웠고, 그녀에게서 풍기는 신묘한 기운은 사람을 끌어당겼다.

"그 말은 주군께서 그 여인에게 반하기라도 하셨다는 거냐?"

은섬의 물음에 마중혁이 고개를 끄덕였다.

"이 마중혁의 말이 틀린 것을 보았느냐."

엄청 많이 봤지만 은섬은 굳이 대꾸하지 않았다.

"그나저나 교주님도 사내는 사내였군. 하긴, 저정도는 되어야 교주님께 어울리는 여인이라 할 수 있지. 너도 준비하거라."

"뭘?"

"곧 교주님의 부인이 될지도 모르는 사람이지 않으냐. 그러니 비현이라는 여인에 대한걸 알아봐야지. 무림맹에 쫓기는 것으로 보아 무림맹과 관련된 사람은 아닌 듯하니 더욱 잘됐지."

어느 것 하나 빠지는 게 없었다.

외모면 외모, 인품이면 인품. 게다가 마교의 천적인 무림 맹에 쫓기는 것까지!

마중혁은 비현을 떠올리며 팔짱을 낀 채 고개를 끄덕였다.

'비 소저라면 교주님과 천생연분이라 할 수 있지. 그야말로 선남선녀로구나.'

마치 제 일처럼 기뻐하는 마중혁과는 달리 은섬의 표정은 별로 밝지 않았다.

그녀는 잠시 말없이 서 있다가 신형을 돌렸다.

어쩐지 어깨가 축 늘어진 듯한 은섬을 보며 마중혁은 히죽거리며 웃었다.

'하긴, 교주님이 어찌 너 같은 살수와 어울리겠느냐. 이제야 현실을 직시하게 되었구나.'

마중혁은 축 늘어진 은섬의 모습을 보니 통쾌하기 그지없었다.

'오늘은 꿀맛 같은 잠을 잘 수 있겠구나!'

마중혁은 통쾌함을 끌어안고 꿀맛 같은 잠, 그야말로 꿀잠을 잘 수 있었다.

그에비해 자신의 자리로 돌아온 은섬은 태무선이 돌아와 자신의 모포를 끌어올려줄 때까지 잠을 잘 수 없었다.

'혼인이라는 말인가.'

단 한 번도 태무선의 혼인을 생각한 적이 없었다.

그저 주군인 태무선의 곁에서 영원히 함께 있고 싶다고 생각했을 뿐, 그가 다른 사람과 혼인을 올릴 거라는 상상은 해본 적이 없었다.

그런데 막상 태무선의 혼인을 생각하고 있자니 기분이 별로였다.

"후."

은섬은 모포를 머리끝까지 끌어올렸다.

* * *

"마녀를 사로잡는데 실패했단 말이냐."

"특무대의 절반이 목숨을 잃었습니다."

"제길……."

되는 게 하나도 없었다.

무림맹의 특무대는 말 그대로 특수한 임무를 위해 조직된 무인들이었다.

각기 다른 분야에서 두각을 드러내는 것은 물론이요, 무공실력 또한 뛰어난 무인들로 이루어진 조직이었다. 그런데도 무려 스무 명의 특무대의 무인들이 마녀를 사로잡지 못했다.

"그 중 열 명은 마녀를 위해 스스로 목숨을 끊었고, 나머

96

지 열 명은 마녀를 지키는 호위무사에게 목숨을 잃었다 합니다."

"내 그렇게 마녀와 눈을 마주하지 말라고 일렀거늘⋯⋯!"

마녀의 무서움은 그녀를 지키는 정체불명의 호위무사들이 아니었다.

마녀의 진정한 두려움은 바로 그녀 자체였다.

눈을 마주한 것만으로도 이지를 상실하고 마녀를 위한 꼭두각시가 된다.

엄청난 섭혼술을 지닌 여자.

"마녀는 어디로 갔다 하더냐."

"듣자하니 소가 끄는 마차를 올라타 수십 마리의 들개들로부터 호위를 받으며 사라졌다고 합니다."

"소가 끄는 마차와 수십 마리의 들개! 과연 마녀답군."

말이 아닌 소가 끄는 마차와 수십 마리의 들개들로부터 호위를 받다니 그야말로 마녀가 틀림없었다.

특무대의 부대장인 장룡은 이제 스무 명가량 남은 특무대를 향해 손을 들었다.

"우린 일전에 비림, 아랑단의 부단주인 은섬을 사로잡는데에 실패했다. 이대로 마녀를 사로잡는 데에도 실패한다면 우린 맹으로 돌아갈 수 없다. 반드시⋯ 마녀를 사로잡는다!"

장룡을 선두로 한 특무대의 무인들이 여정을 떠날 준비

를 한 후 마녀를 태운 마차가 향한 곳을 따라 장헌으로 향했다.

* * *

빙긋—

평상시엔 면사로 얼굴을 가리던 비현이 이제는 면사로 얼굴을 가리기는커녕 화장을 했는지 더욱 환하고 곱게 변한 얼굴로 태무선을 향해 미소를 보냈다.

그녀는 현재 이름 있는 객잔의 한켠에서 태무선의 옆자리에 앉아 있었다.

그 자리는 장헌까지 마차를 태워준 보답이라며 비현이 준비한 자리였다.

"장헌에서 가장 유명한 객잔입니다. 숙수가 황실숙수 출신이라 못하는 요리가 없지요."

비현의 말대로 태무선의 눈앞에 펼쳐진 음식들은 그가 태어나 단 한 번도 보지 못했던 아주 화려한 음식들이었다.

신이 난 마중혁은 술과 음식을 마음껏 즐겼지만, 은섬은 그리하지 못했다.

그녀의 시선은 태무선과 비현에게 못 박혀 있었다.

'정말로 주군을 연모하는 건가?'

장헌에 도착했으니 이제는 사라져주길 바랐던 여인이 태

무선의 곁에서 떠날 기미를 보이지 않았다.

 게다가 태무선도 굳이 비현을 밀어내지 않았다.

 "음식은 입에 맞으시나요?"

 "잘 만든 음식인 것 같소."

 태무선은 음식을 몇 점 주워 먹으며 고개를 끄덕였다.

 과연 황실출신 숙수가 만든 음식이라 그런지 식재료의 향이 그대로 입 안에 전해졌다.

 "다행이네요."

 비현이 눈웃음을 지으며 웃자 그녀를 멀리서 지켜보던 사내들은 넋을 놓을 수밖에 없었다.

 모두의 시기와 질투 그리고 부러움을 한 몸에 받게 된 태무선은 자신을 향한 사내들의 시선을 가볍게 무시했다.

 "태 소협께서는 몸을 담고 있는 곳이 있는지요."

 그때 비현이 태무선의 접시에 음식을 담아주며 물었고, 이 질문을 받은 은섬과 마중혁의 움직임이 일순간에 멈추었다.

 눈치를 보는 마중혁과 은섬과는 달리 태무선은 지체 없이 답했다.

 "있소."

 "혹시 어디에 몸을 담고 계신지 여쭈어도 되겠습니까?"

 "마교요."

 태무선의 입에서 마교라는 말이 튀어나오기가 무섭게 암천과 암악이 태무선을 노려봤다.

마중혁과 은섬이 식사를 멈추고 암악과 암천을 주시했다.

"아… 마교도셨군요. 혹시 마교에서 어떤 직책을 갖고 계신지 여쭤어도 되겠습니까?"

비현의 시선이 태무선의 두 눈동자를 향했고, 태무선은 무심히 답했다.

"교주요."

태무선이 스스로를 마교의 교주라 밝히자 암천과 암악이 자신들의 검을 반쯤 꺼내들었고, 부용은 양손으로 비현을 감쌌다.

물론 마중혁과 은섬도 가만히 있진 않았다.

마중혁은 자신의 도에 손을 올렸고, 은섬은 이미 자신의 단검을 빼어든 상태였다.

긴박한 대치상황.

그럼에도 태무선은 태연자약했고, 이는 비현도 마찬가지였다.

"저는 괜찮습니다."

비현이 괜찮다며 자신을 감싼 부용의 손길을 밀어내자 부용은 할 수 없이 자신의 손을 거두었다.

"이런 곳에서 마교의 교주님을 뵙게 되다니 신기하네요."

"신기할 것까지야……."

태무선은 술 대신 찻잔을 들어 마셨다.

"마교의 교주님께서는 이곳까지 어쩐 일로 오셨나요?"

"사람을 찾아왔는데 개를 찾았소."

"아… 기파랑님을 말씀하시는 거로군요."

태무선과 비현의 대화를 가만히 듣고 있던 은섬은 뭔가 이상함을 느꼈다.

'뭔가 이상해.'

원래도 자신을 드러내는 것에 거리낌이 없는 태무선이었지만, 이번엔 정도가 지나쳤다.

스스로 마교의 교주라며 자신을 드러내고, 이곳까지 온 이유에 대해서도 거리낌 없이 대답했다.

'저 여자.'

은섬은 이 모든것의 원흉이 비현이라는 여인 때문이라 생각했다.

은섬의 살의가 비현을 향하는 순간, 엄청난 살의가 은섬을 덮쳐왔다.

'윽!'

미간을 좁히며 목을 움츠린 은섬은 자신을 향한 살의의 근원지를 찾아 감각을 키워봤지만 살기의 방향을 읽는 것조차 불가능했다.

'보통 실력자가 아니다.'

살수 중에서도 특급 이상의 살수.

은섬은 단검을 손에 쥔 채로 심호흡했다.

"야, 잿머리 너 괜찮은 거냐?"

마중혁은 은섬이 목을 움츠리며 몸을 떨자 은섬의 안부를 물었다.

마중혁의 말을 들은 태무선이 고개를 돌려 은섬을 바라보자 은섬을 향한 살기가 일순간에 사라졌다.

"괜찮으냐?"

태무선의 물음에 은섬이 고개를 끄덕였다.

"괜찮습니다. 잠을 잘못 잤는지 목이 뻐근해서……."

대답을 하며 태무선을 살핀 은섬은 태무선이 자신을 향한 살기를 느끼지 못했음을 깨달았다.

'모든 살기를 내게만 집중시켰다. 주군조차 느끼지 못할 만큼!'

은섬은 이 상황이 매우 위험하다고 느꼈다.

살수로서의 본능이 은섬을 이 자리에서 최대한 빨리 빠져나가기를 원했다.

"주군."

"응?"

"이만 돌아가시지요. 갈 길이 아직 많이 남았습니다."

"그래."

태무선은 이유를 묻지않고 자리에서 일어났다.

태무선이 자리에서 일어나자 마중혁과 은섬은 자연스럽게 자리에서 일어설 수 있었고, 비현이 아쉽다는 듯 태무선을 바라봤다.

"가시는 건가요?"

"가야 할 길이 아직 많이 남아서… 이만 가보겠소."

"그럼 할 수 없죠. 부디 조심히 들어가세요."

비현은 굳이 태무선을 붙잡지 않았고, 태무선도 미련 없이 자리에서 일어섰다.

눈치가 없는 편이라고 정평이 난 마중혁도 두말없이 자신의 짐을 챙겨 일어났다.

태무선과 일행들이 객잔을 빠져나가자 암천이 비현을 향해 물었다.

"이대로 그냥 보내도 괜찮겠습니까. 상대는 마교의 교주입니다."

"이곳에서 싸움이라도 벌이자는 말씀이신가요?"

"그건 아니지만……."

"그것보다 먼저 해야 할 일이 있는 것 같군요."

비현은 작게 웃으며 자신의 앞을 응시했다. 그곳엔 먼지 투성이의 남자들이 객잔의 문을 열고 나타났다. 그들은 비현을 똑바로 바라봤다.

"화안마녀(花顔魔女)!"

장룡의 불호령에 암천과 암악이 자신의 검을 뽑아들었고, 부용은 비현의 앞을 가로막았다.

"이제야말로 네 년의 악행을 끝내도록 하겠다!"

"제가 어떤 악행을 저질렀나요?"

비현의 물음에 장룡이 서둘러 귀를 막으며 소리쳤다.

"모두 저 마녀의 말을 듣지 말거라. 화안마녀는 섭혼술의 대가. 듣는 것만으로도 심지를 빼앗긴다. 또한 눈을 마주하지마라!"

무림맹의 특무대의 무인들은 모두가 정예무인들이었다.

그들은 장룡의 명령에 맞춰 귀를 막고 비현의 눈을 피해 고개를 돌렸다.

그러나 화안마녀의 섭혼술을 피하려는 특무대의 행동은 오히려 독이 되었다.

"멍청하긴."

암천은 특무대를 비웃으며 몸을 날렸다.

귀를 막기 위해 기수식을 제대로 펼치지 못한 무인들에게 암천은 맹수처럼 날아들었고, 뒤이어 암악이 암천의 뒤를 따라 스무명의 특무대를 향해 검을 들어올렸다.

곧이어 암천과 암악 그리고 특무대의 싸움이 시작되었다.

* * *

"야 개장수! 가자!"

"응?"

멀리서부터 자신을 향해 달려오는 마중혁과 태무선 그리고 은섬을 발견한 기파랑은 토실토실하게 살이 오른 소의 허벅다리를 정성스럽게 핥고 있는 랑아를 흔들어 일으켜 세웠다.

"일어나거라. 무슨 사단이 난 것 같으니."

쩝—

깨물지 못한 게 아쉬운지 랑아는 입맛을 다셨고, 소는 공포에 떨다 못해 거품까지 물 지경이었다.

"무슨 일이오?"

기파랑의 물음에 마중혁이 마차에 올라타며 대꾸했다.

"묻지 마라."

마중혁이 채찍을 들어올렸고 뒤이어 은섬과 태무선이 마차에 올라탔다.

곧이어 태무선등이 빠져나온 객잔에 스무 명의 무인들이 우르르 들어가더니 칼날이 부딪치는 소리가 어지럽게 들려왔다.

이를 지켜보던 마중혁이 감탄한 듯 은섬을 향해 말했다.

"이야. 저자들이 올 것을 미리 알고 있었던 게냐?"

마중혁이 감탄사를 자아냈으나 은섬은 아무 말도 하지 않았다.

은섬이 객잔을 빠져나온 것은 스무 명의 특무대 때문이 아니었다.

'뭔가 불안해……'

자신을 향했던 살기.

그것은 보통 살수가 낼 수 있는 수준의 살기가 아니었다. 최소 특급, 비림에서도 아랑단의 최고 등급 살수정도는 되어야 낼 수 있는 살기였으며, 살수의 위치는 은섬조차 알아내지 못했다.

그 뜻은 살수가 은섬보다 훨씬 더 뛰어난 살수라는 뜻이었다.

'내 생각이 맞다면… 여긴 위험해!'

은섬이 불안해하자 태무선은 지체 없이 마차를 출발시켰다.

태무선과 일행들을 태운 마차가 소와 랑아의 발돋움에 의해 앞으로 나아갈 무렵, 장헌의 제일 유명한 객잔인 비룡객잔에선 한바탕 피바람이 몰아쳤다.

"크윽!"

암천의 검에 베인 두 명의 특무대 무인이 자신의 어깨와 목을 감싸 쥐며 물러섰다.

목을 베인 자는 얼마 가지 못하고 두 무릎을 꿇으며 쓰러졌고, 어깨를 베인 자는 숨을 헐떡이며 주변을 둘러보았다.

'대단한 실력자다… 하지만 그것보다도…….'

무인은 자신도 모르게 비현을 향해 시선을 던졌고, 비현과 눈이 마주치는 순간, 몸이 딱딱하게 굳어버렸다.

"아…….."

무인의 몸이 굳어버리는 순간, 암천의 검이 그의 목을 베어버렸다.

피가 솟구치고 칼날이 어지럽게 교차하는 객잔의 내부에

106

서 부용은 비현의 눈을 슬며시 가렸다.

"신녀께서 보실만한 광경이 아니로군요."

"어째서 싸움은 피할 수 없는 걸까요. 저는 그저⋯ 모두가 행복하길 바라는 건데."

"자리를 피하시지요."

"아뇨. 암천과 암악이 싸우고 있습니다. 저 혼자 자리를 피할 순 없지요."

비현은 자리를 피하지 않고 제 자리를 지켰다.

암천과 암악은 유감없이 실력을 발휘하며 특무대를 상대했지만, 특무대역시 만만치 않았다.

수적열세는 쉬이 뒤집을 수 없었으니, 특무대의 몇몇 무인들이 암천과 암악의 공세를 뚫고 비현과 부용을 향해 몸을 날렸다.

'화안마녀와 그녀를 보호하는 시녀는 무공을 배우지 않았다!'

애초에 특무대의 목표는 비현이었다.

특무대의 대장인 장룡은 무인들에게 암천과 암악을 맡기고 그들에게 빈틈이 보이는 순간 몸을 날렸다. 그의 목표는 오로지 비현이었다.

"화안마녀!"

비현의 앞으로 쇄도해온 장룡은 자신의 검을 뽑아들고 비현의 앞으로 몸을 날렸다.

"무림맹 특무대의 대장. 장룡."

비현의 입에서 자신의 이름이 흘러나오자 장룡은 자신의 몸이 굳어가는 것이 느껴졌다.

마음이 편안해지고 몸이 무거워졌다.

들고 있는 검이 무겁다고 느껴질 무렵, 장룡은 두 손으로 힘껏 자신의 귀를 후려쳤다.

"큭!"

스스로 두 귀의 고막을 터트린 장룡은 눈을 감은 채 비현을 향해 검을 찔러넣었다.

이미 비현의 위치는 머릿속으로 외워두었기에 장룡의 검은 정확히 비현의 가슴을 향했다.

그러나 장룡의 검은 자신의 목적을 달성하지 못했다.

'이건?'

자신의 검이 아주 단단한 무언가 가로막혔음을 깨달은 장룡이 두 눈을 뜨는 순간 그의 앞엔 비현이 서 있었다.

"가여운 사람."

비현이 두 손을 내밀어 장룡의 뺨을 감싸쥐었다.

그녀의 손길, 체향, 온기가 느껴지자 장룡은 넋을 놓고 비현의 두 눈을 마주했다.

"이 고통에서 그만 벗어나세요."

장룡은 비현의 목소리를 들을 수 없었지만, 그녀가 바라는 것은 알고 있었다.

"알겠소… 나의……."

장룡은 스스로 검을 들어 자신의 목을 그었다.

피가 쏟아지고 자신의 목이 잘려나가는 그 순간까지도 장룡은 그저 행복함에 젖은 얼굴이었다.

장룡이 무너지고 특무대의 무인들은 하나 둘씩 쓰러져갔다.

그들을 죽인 것은 암천과 암악만이 아니었다. 어디선가 나타난 그림자속의 검이 그들의 목을 꿰뚫고 베어낸 것이다.

"역시 암존인가……."

암천은 자신의 검에 묻은 피를 털어내며 암존이 죽인 특무대의 무인들을 내려다보았다. 암존에게 죽인들의 공통점은 모두가 두 눈을 시퍼렇게 뜨고 있다는 점이었다. 마치, 죽는 그 순간까지 자신의 죽음을 알지 못한 듯했다. 스무 명의 특무대가 모두 목숨을 잃자 비현은 한쪽 구석에서 벌벌 떨고 있는 객잔주에게 다가갔다.

"괜찮으신가요?"

비현의 물음에 방금까지만 해도 두려움에 몸을 벌벌 떨고 있던 객잔주는 고개를 끄덕이며 자신도 모르게 자리에서 일어섰다.

"죄송해요. 저희 때문에 객잔이 아수라장이 되었네요."

"아닙니다. 무인들을 대상으로 하는 객잔이라면 이정도는 감수해야죠."

언제 두려움에 떨고 있었냐는 듯 객주는 사람 좋은 미소를 띠며 점소이등을 시켜 죽은 시체와 피를 닦아내기 시작했다.

"휘유! 역시 대단하시군요."

그때 부셔진 객잔의 문을 열고 세 명의 남자가 모습을 드러냈다. 그중에서도 쾌활한 얼굴로 비룡객잔에 들어선 남자는 박수를 치며 죽어 있는 무림맹의 특무대를 내려다보았다.

"무림맹의 특무대를 간단히 처리해버리시다니. 역시 신녀님이라고 해야 할까요. 아니면 암존이라고 해야 할까요."

"오랜만이에요."

"하하. 그렇게 웃는 얼굴로 반겨주시니 몸 둘 바를 모르겠군요."

사악교의 다섯 상천 중 한명인 시월현이 밝은 얼굴로 신녀에게 다가가 한쪽 무릎을 꿇으며 고개를 숙였다. 비현은 그런 시월현을 일으켜 세웠다.

"오상천(五上天) 중 한분인 시월현님께서 이곳은 어쩐 일이신가요?"

비현의 물음에 자리에서 일어난 시월현이 바닥에 놓인 특무대의 시신을 발끝으로 치우며 말했다.

"사실은 마교의 교주를 쫓아 이곳으로 왔는데 비룡객잔에서 싸움이 난 게 아니겠습니까. 하여 혹시나 마교의 교주와 특무대가 싸움이라도 벌이는 게 아닌가하는 마음에 들어왔더니. 마교주 대신에 신녀님께서 계시는군요."

"아아… 실은 방금 전에 마교의 교주를 만났습니다."

"정말이십니까? 신녀님께서 마교주를 만나셨단 말입니까?"

사악교의 신녀라 불리는 비현과 마교의 교주인 태무선이 만났다는 얘기에 시월현이 흥미와 놀라움이 가득한 표정을 지었다. 비현이 짓궂은 표정을 지으며 말했다.

"그럼요. 함께 밤을 보내기도 했습니다."

"하하하! 이런… 신녀께서는 언행을 조심하셔야 합니다."

"사실인걸요."

"그런데……."

시월현의 뒤에서 거대한 체격의 남자가 앞으로 나서며 비현의 곁으로 다가와 물었다.

"신녀께서는 왜 마교주를 그냥 보내주셨는지요."

"광왕, 맹우님이시군요."

"마교주는 현 사악교의 주적입니다. 그런 자를 그냥 보내주셨단 말입니까."

맹우의 목소리는 매우 딱딱하고 건조했다.

사악교의 교주 다음으로 높은 지위를 갖고 있는 신녀를 향한 맹우의 태도가 매우 위압적이자 시월현이 맹우를 타박하듯 말했다.

"맹우님, 상대는 마교의 교주입니다. 제 아무리 신녀님이라고 하더라도 교주를 섣불리 건들 수 있었겠습니까?"

시월현의 말에도 맹우는 여전히 굳은 얼굴로 비현을 내려다보았다.

"신녀님께서 홀로 계셨다면 힘들었겠지만, 암존이 함께 있지 않았습니까."

맹우의 시선이 비현의 뒤에 서 있는 부용을 향했다.

비현의 뒤에서 가만히 서 있던 부용이 앞으로 나서며 맹우의 앞에 섰다.

"말조심하시오. 광왕. 당신이 삼존 중 한명이라고 하더라도 신녀님은 당신이 함부로 대할 수 있는 분이 아닙니다."

또 다른 삼존 중 한명인 암존, 부용이 기세를 끌어올리며 맹우를 막아서자 맹우는 불만어린 표정을 지으며 부용을 노려봤지만, 딱히 따져 묻지는 않았다.

부용의 말대로 신녀인 비현은 사악교의 교주가 총애하는 사악교의 주요 인물 중 한명이었기 때문이었다.

"자자. 삼존님들께서 서로 다투실 때가 아닙니다. 애석하게도 저와 맹우님은 교주님의 명으로 마교의 교주를 잡으러 왔거든요."

"태 소협을요?"

"태 소협이라니… 그새 통성명을 나누셨단 말입니까?"

"그럼요 함께 밤을 보냈다니까요."

웃음을 짓는 비현의 모습에 시월현은 화를 내기보다는 그녀가 너무 아름다워 괜히 웃음이 터져나올것만 같은 것을 겨우 참아냈다. 잠시 마음을 추스르던 시월현은 한 가지 의문이 들었다.

"그런데 마교주는 신녀님과 하루를… 아니 함께 있었으면서도 별다른 동요를 보이지 않았습니까?"

시월현의 물음에 비현이 살짝 침울해진 얼굴로 고개를 끄덕였다.

"저를 그렇게 무시하는 남자는 마교주가 처음이었어요."

"아아…….."

시월현이 눈빛이 복잡해졌다. 이렇게 사랑스러운 여인을 어떻게 무시할 수 있었을까. 신녀의 마력에 빠지지 않을 수 있는 존재는 사악교의 교주와 광왕밖에 없다 여겼거늘. 마교의 교주 또한 비현의 마력에 사로잡히지 않은 것이다.

"그래서 마교주는 어디로 갔습니까?"

맹우의 질문에 비현이 싱긋 웃으며 답했다.

"집으로 간다더군요."

"집? 거기가 어디입니까?"

"묻지 않았어요. 알려줄 것 같지도 않았구요. 처음 만난 여인에게 집의 위치까진 알려주지 않는 게 당연하지 않나요?"

비현이 손가락을 들어올리며 묻자 광왕은 한껏 굳어진 얼굴로 신형을 틀었다.

"어찌되었든 마교주가 떠난 지 얼마 되지 않았다면 곧 찾을 수 있을 거다. 가자."

"아랑단주의 모습이 보이질 않는 것으로 보아 그자가 먼저 쫓고 있을 겁니다. 그러니 저희는 아랑단주를 찾아가죠."

시월현의 설명에 맹우의 얼굴이 보기 좋게 일그러졌다.

"우리에게 말도 없이 혼자 쫓아갔단 말이냐?"

"원래 아랑단주가 구구절절 설명하며 움직이는 성격은 아니지 않습니까. 저희 교에서 가장 자유로운 영혼인걸요."

"쯧!"

하나같이 짜증나는 놈들밖에 없다고 생각한 맹우는 비룡객잔을 빠져나가갔다.

맹우가 객잔을 나서자 시월현이 부용과 비현을 번갈아보며 눈을 찡긋했다.

"맹우님이 마교주에게 가장 아끼는 제자인 광우를 잃어서 저러는 겁니다. 너무 심려치 마세요."

"아아… 그런 거라면 저희가 이해해야겠죠."

"그럼, 신녀님 교에서 뵙겠습니다."

"네. 시월현님도 몸조심하세요."

"감사합니다."

시월현이 객잔을 빠져나가자 부용이 비현을 향해 고개를 돌려 물었다.

"광왕과 아랑단주 그리고 시월현이 나섰으니 마교주도 무사하진 못할 겁니다."

"그렇겠네요."

"아쉬우십니까."

"네. 처음이었거든요."

비현의 시선이 멀어져가는 맹우와 시월현을 향했다.

비림의 아랑단주와 사악교의 삼존 중 한명인 광왕 맹우 그리고 다섯 상천 중 한명인 시월현이 나섰으니 마교주인 태무선을 살아서 집으로 돌아갈 수 없을 것이다.

"저희는 이제 저희 일을 해야겠죠."

한동안 반쯤 열려 있는 객잔의 문틈 사이를 지켜보던 비현은 신형을 돌렸다.

과거의 망령

"이랴!"

마중혁에게 채찍을 이어받은 기파랑은 애꿎은 소의 궁둥이를 때렸다,

랑아는 터덜터덜 걸어가며 마차를 이끌었다.

소와 거대한 들개가 이끄는 기묘한 마차는 해가 질 때까지 앞으로 나아갔고, 마중혁은 아쉬운 듯 어둑해진 하늘을 올려다보며 한숨을 내쉬었다.

"도대체 무슨 일이길래 이리도 한숨을 내쉰단 말이오?"

"하… 그런 게 있어."

하늘을 올려다보자 동그랗게 뜬 은쟁반에 하늘에 걸려

있었다.

마중혁은 밝은 은색의 빛을 세상에 흩뿌리고 있는 달을 보고 있자니 비현이 생각났다.

'참으로 잘 어울리는 한 쌍이었건만.'

태무선과 비현은 참으로 잘 어울리는 한 쌍이었다.

선남선녀(善男善女), 천생연분(天生緣分)이라는 말들은 모두 그 둘을 위해 만들어졌다고 해도 과언이 아닐 정도였는데, 이대로 허무하게 헤어지니 아쉬운 마음이 더 컸다.

"에휴, 할 수 없지! 교주님이 원하지 않는듯하니."

마중혁은 태무선이 이해가 되질 않았다.

가히 천하제일미라고 불려도 손색이 없는 여인을 돌보듯이 부다니.

참으로 아쉬운 일이 아닐 수 없었다.

태무선과 은섬 그리고 마중혁과 기파랑을 태운 마차가 착실하게 산중객잔과 가까워지고 있을 무렵이었다.

산중객잔에서 그들을 기다리던 사강목은 집무실에 앉아 인상을 찡그렸다.

"답답해 죽겠군!"

그야말로 답답해 죽을 것만 같았다.

지금까지의 사강목은 주로 머리를 쓰기 보다는 몸으로 때워나갔다.

스스로도 머리를 쓴다기보다는 힘으로 해결 해나간다는 주의였건만, 갑자기 나타난 새로운 교주 덕분에 산속에 있는 객잔에 발이 묶여 돌아가지도 않는 머리를 써야만 했다.

"바람이나 좀 쐬어야겠군."

이대로 있다간 답답함에 숨이 막혀 죽을지도 모른다는 생각에 사강목은 산중객잔을 벗어나 인근 산길을 걸었다.

나름 길이 잘 닦여 있는 덕에 산중객잔 주변에서는 걸어볼만한 산책로가 꽤나 많았다.

한참동안 달빛을 받으며 산책을 즐겼다.

"이제야 살 것 같군."

차가운 밤공기와 서늘한 달빛을 받으며 걸으니 기분이 꽤나 좋았다.

답답했던 가슴이 뻥 뚫리는 것 같은 해방감을 즐기며 산책을 즐기던 사강목은 얼굴을 굳힌 채 눈을 질끈 감았다 떴다.

"누구냐."

제자리에 멈춰선 사강목이 아무것도 보이지 않는 칠흑의 숲속을 향해 고개를 돌렸다.

인기척은커녕 벌레 울음소리조차 들리지 않는 수풀 사이로 형형하게 빛나는 사강목의 눈빛이 쏘아졌다.

"당장 나오지 않으면 내가 직접 끄집어내주마."

기세를 끌어올린 사강목의 목소리가 숲을 울리고 얼마 안 가 높다란 나무위에서 하나의 신형이 떨어져 내렸다.

쿵—!

"으응?"

기척을 숨기고 숨어 있는 것에 비해 등장은 요란하기 그지없었다.

사강목은 자신의 앞에 나타난 자그마한 신형을 향해 천천히 다가서며 코를 벌렁거렸다.

'피 냄새?'

익숙한 피내음이 작고 검은 신형에게서 풍겼다.

왠지 모를 불길함에 단전에서 내공을 끌어올린 사강목은 양손에 기운을 머금은 채 감각을 최대한으로 예민하게 끌어올렸다.

"넌 누구냐."

"사강목이라 했느냐."

"그래 내가 사강목이다."

"분명… 너는 눈에 띄지도 않을 만큼 작은 애였다. 한 주먹거리도 안 되던 코흘리개가… 어느새 이렇게 자랐는가."

"나를 알고 있나?"

"아니 모른다. 그저 마교의 유일한 장로로서 과거의 영광을 재현하려 노력하는 꼬맹이라는 것밖에는…….."

사강목은 인내심이 강한 자가 아니었다.

그는 검은 신형을 향해 뚜벅뚜벅 걸어가며 한층 더 무거워진 목소리로 물었다.

"너는 누구냐 물었다. 당장 답하지 않는다면…….."

사강목은 말을 끝마치지 못했다.

고개를 들어올린 작고 검은 신형의 얼굴엔 피가 한가득 묻어 있었기 때문이다.

연배는 사강목보다 훨씬 높아보였고, 세월의 풍파를 정면으로 만든 얼굴엔 깊은 주름이 가득했다.

짙은 눈썹과 나이와는 걸맞지 않는 강렬한 눈빛.

피를 머금고 주저앉아 있는 노인을 조심스럽게 살피던 사강목은 그의 얼굴에 새겨진 익숙한 문신을 보며 눈을 크게 키웠다.

"그 문신은… 설마 탈혼귀영대의!?"

"흐흐… 탈혼귀영대를 알아보는가."

"당연합니다. 탈혼귀영대는 마교주의 직속 정예집단으로 교주님을 지키는 최정예 무인조직이지 않습니까? 탈혼귀영대가 아직 남아 있을 줄은 상상도 못 했는데."

"그럴 테지. 큭!"

노인이 숨을 헐떡이며 고통스러워하자 놀란 사강목이 노인에게 다가가 그를 부축했다.

노인의 옆구리에 손을 넣은 사강목은 그의 옆구리에서 아직도 피가 배어나오고 있음을 깨달았다.

"피가… 지혈을 하지 않은 겁니까?"

"당연히 지혈했지. 하지만 그자에게 당한 상처는 쉽게 지혈되지 않는구나."

"일단 이쪽으로 오십시오!"

사강목은 재빨리 노인을 데리고 산중객잔으로 들어갔다.

"노야! 뇌 노야!"

사강목의 거친 목소리가 담긴 부름에 뇌우명은 한껏 찡그린 얼굴로 모습을 드러냈다.

잠을 자고 있다가 일어났는지 뇌우명의 머리카락은 엉망진창이었다.

"뭐냐, 이 야심한 밤에?"

"도와주십시오!"

사강목이 한 노인을 부축한 채로 나타나자 뇌우명은 재빨리 노인을 병상에 옮긴 후 그의 옷을 벗겼다.

벗겨진 노인의 나신에서 드러난 것은 기다란 검상이었다.

"흐음… 아주 예리한 절단면이다. 게다가 아직도 검사의 검기가 자상에 남아 있어. 그래서 지혈이 되지 않았던 거야."

"이분의 상대가 상당한 실력자라는 말씀이십니까?"

"그래 우리로서는 상상도 할 수 없는… 일단, 치료부터 하지."

상황의 심각성을 파악한 뇌우명은 재빨리 그를 치료해나갔다.

노인을 내려다보는 사강목의 눈동자는 쉴 새 없이 흔들렸다.

　　　　　*　*　*

"하아암!"

자정이 훌쩍 지난 시간.

마중혁은 어둑한 밤길을 쉴 새 없이 달려나갔다.

"음? 저기."

마부석에 앉아 등을 기대고 꾸벅꾸벅 졸고 있던 기파랑은 어둑한 밤길 사이로 보이는 한 노인을 발견했다.

구부정한 허리를 가진 노인은 나무막대기를 이용해 천천히 앞으로 걸어 나가고 있었다.

"그냥 지나쳐도 되는 건가?"

기파랑의 물음에 마중혁이 콧방귀를 뀌었다.

"저 정도 나이를 먹었으면 자신의 몸 하나는 건사할 줄 알아야지. 게다가 앞뒤로 마을이나 도시가 전혀 없었다. 그런데 혼자 밤길을 걷는 노인이라니 수상하잖아."

"하긴, 그건 그렇네."

듣다보니 마중혁의 말이 그럴싸하게 느껴졌던 기파랑은 일리가 있다며 가까워져가는 노인을 무시한 채 지나가려 고삐를 움직였다.

그런데 문제가 하나 생겼다.

"으르르……."

꽤 오랫동안 굶주린 데다가 고삐를 채우고 마차를 몰고

있던 랑아가 허기짐을 이기지 못하고 눈앞에 놓인 매우 연약한 먹잇감을 향해 움직이기 시작한 것이다.

놀란 기파랑이 급히 고삐를 끌어당기며 랑아를 제어했다.

"이놈이!"

"이 똥개가!"

기파랑이 민첩하게 움직여 고삐를 끌어당겼지만, 이번엔 랑아 대신 누렁소가 노인의 자신의 듬직한 옆구리로 치고 말았다.

"어이쿠!"

달리는 소에게 받힌 노인은 그대로 고꾸라졌다.

힘없이 쓰러진 노인은 바닥에 납작 엎드린 채 미동조차 하지 않았다.

이를 지켜보던 기파랑과 마중혁어 서로를 바라봤다.

"모름지기 불의의 사고는 예고 없이 찾아오는 법이지."

마중혁은 처연한 눈길로 노인을 바라보다 멈춰선 랑아와 소를 이끌었다.

그런데 그때 노인의 처절한 음성이 마차의 뒤쪽에서 들려왔다.

"아이고오오!! 저 놈들이 노인을 치고 도망간다!"

마차의 뒤편에서 들려오는 노인의 처절한 울부짖음에 마중혁은 깊은 한숨을 내쉬며 고삐를 잡아당겼다.

뒤이어 마중혁이 기파랑의 옆구리를 쳐 그를 마부석에서

떨어뜨렸다.

"네 똥개가 저지른 짓이니 네가 수습하거라."

"쳇."

마부석에서 쫓겨난 적아단의 단주이자 수십 들개의 주인인 기파랑은 마차의 뒤편으로 걸어가 주저앉아 있는 노인에게로 다가갔다.

"괜찮소?"

"네 눈엔 내가 괜찮아 보이느냐."

"괜찮아 보이는데……."

"어서 일으켜 주거라!"

노인의 타박을 못 이기고 노인에게 다가간 기파랑은 노인의 팔을 붙잡고 그를 일으켜주었다.

'무슨 노인의 팔이?'

기파랑은 잠깐 만져본 노인의 팔뚝에서 단단한 근육을 느끼고는 새삼스러운 눈으로 노인을 보게 되었다.

'마씨 말대로 요즘 노인들은 자기 몸 하나는 건사하겠군.'

요즘 노인들은 예전 노인들과는 차원이 다르다는 것을 느끼며 노인을 일으켜 세워준 기파랑은 노인의 아래에서 두 동강이 난 나무막대기를 내려다보았다.

"이런! 내 하나밖에 없는……."

"하나밖에 없는?"

"아무튼 하나밖에 없는 저게 부러졌잖아? 이걸 어떻게

보상할 테냐?"

하나밖에 없지만 이름을 지어두지 않았던 막대기가 반으로 부러져있자 기파랑은 고개를 돌려 산으로 걸어 들어가 적당한 크기의 나무막대기를 주워 노인에게 건네주었다.

그러나 노인은 기파랑이 가져온 나무를 아무렇게나 내팽개쳤다.

"이건 내 막대기가 아니잖느냐."

"노야의 막대기는 부러졌잖소."

"같은 걸로 구해 오거라."

노인의 타박에 기파랑이 짜증스러운 얼굴로 무려 열 개의 나무막대기를 길이별, 종류별로 가져와 노인에게 건넸지만, 노인은 심통 난 얼굴로 기파랑이 가져온 나무막대기를 모조리 걷어찼다.

"하나도 마음에 드는 게 없구나!"

"이 빌어먹을 노인네가!"

기파랑이 화가 나 소리를 치자 노인이 대자로 드러누웠다.

"요즈음 젊은것들은 말이야! 가만히 잘 걸어가고 있는 노인네를 마차고 치고 그냥 가려고 하질 않나. 이제는 내 하나밖에 없는… 저걸 부러뜨리고 그냥 가는구나!"

노인이 울부짖음을 더 이상 견딜 수 없었던 기파랑은 노인을 노려보며 입을 열었다.

"원하는 게 뭐요?"

"이쪽으로 한나절만 더 가면 마을이 나온다. 내가 그 마을 출신이지."

"그러니 뭐… 태워달란 거요?"

"눈치가 아예 없는 건 아니구나."

"후우… 저 마차는 내 것이 아니니 물어보고 오겠소."

기파랑은 마차로 휘적휘적 걸어가 문을 열고 태무선을 향해 물었다.

"저기 내가 실수로 마차로 쳐서 넘어뜨린 노인이 한 명 있는데 그 노인이 자신을 태워달라는데 태워줘도 괜찮겠소?"

"그래."

"알겠소."

태무선이야 별 생각이 없었다.

마차의 자리는 넓었고, 노인 한명이 더 탄다고 하여 마차가 무거워지는 것도 아니었으니 기파랑은 고개를 돌려 노인을 향해 말했다.

"타시오."

"하하. 고맙네."

노인은 언제 그랬냐는 듯 웃는 얼굴로 마차에 올라탔다.

"이 늙은이를 못본 체하고 지나가지 않다니. 참으로 된 아이들이구만."

노인은 마차의 한쪽 구석을 차지하고 앉았고, 은섬은 태무선의 곁에 붙어 창밖을 내다보고 있었다.

"내 이름은 구노일세."

노인이 먼저 손을 내밀며 이름을 말하자 태무선이 노인의 손을 맞잡으며 말했다.

"태무선이오."

＊　＊　＊

"후. 위기는 넘겼네만."

구슬땀을 닦아내며 실을 잘라낸 뇌우명은 손에 묻은 피를 닦아냈다.

"그나저나 누구길래 자네가 이토록 신경을 쓰는 겐가?"

뇌우명이 노인을 치료하는 내내 사강목은 그의 곁에서 떨어지지 않고 달라붙어 상황을 지켜보았다.

사강목을 이토록 초조하게 만든 이 노인은 누굴까.

뇌우명이 궁금한 듯한 표정을 지으며 물어오자 사강목이 두 눈을 감고 있는 노인을 내려다보며 말했다.

"이 분의 이름은 야차율."

"야차율이라면……."

"탈혼귀영대의 수장이오. 전대 마교의 교주셨던 지강천 님을 함께 모시던 자였소."

"탈혼귀영대의 수장이 아직 살아 있었단 말인가? 그런데 왜 지금까지 모습을 드러내지 않은 거지?"

뇌우명의 중얼거림에 사강목이 고개를 가로저었다.

"그건 나도 모르겠소. 게다가 탈혼귀영대의 수장을 누가 이렇게……."

"끄으으."

죽은 듯이 눈을 감고 있던 야차율이 눈을 반쯤 뜨며 신음성을 흘리자 사강목이 그를 부축하며 급히 말했다.

"누워 계십시오. 지금은 최대한 안정을 취해야 합니다."

"그자가 살아 있었네."

"그자라니 무슨 말씀이십니까?"

"자네가 마교의 재건을 위해 애쓸 때… 나 역시 놀고 있던 것은 아니네."

"무엇을 하신 겁니까."

"복수."

복수라는 야차율의 한 마디에 사강목의 몸이 일순간에 굳어졌다. 그와 야차율에게 있어 복수란 단 하나의 의미를 갖기 때문이었다.

"나는 내 삶의 의미를 지키지 못했네."

탈혼귀영대의 수장이었던 야차율의 삶의 의미는 오로지 자신의 주군, 지강천을 지키는 것이었다.

하지만 야차율은 지강천을 지키지 못했다.

"그러던 중 나는 수십 년간의 추적 끝에 그자가 살아 있음을 알아차렸고, 복수를 위한 나날들을 살아왔네. 그리고… 복수까지는 단 한걸음밖에 남지 않았었지."

두근— 두근—

사강목의 심장이 세차기 진동했다.

"알아듣겠나."

야차율이 손을 뻗어 사강목의 옷깃을 붙잡고 말했다.

"구황목이 살아 있네."

* * *

"태무선이라 좋은 이름이구나."

자신을 구노라고 밝힌 노인은 기파랑이 가져온 나무막대기 중 적당한 것을 골라와 이에 두 손을 올려 턱을 괴고 있었다.

랑아와 소가 이끄는 마차는 밤길을 천천히 달렸고 밖은 한층 더 깊어져만 갔다.

"어딜 가는 중이었느냐."

"집으로 돌아가는 중이었소."

"집이라… 참으로 정겨운 이름이구나."

아련한 눈빛으로 허공을 응시하던 노인은 태무선을 바라보며 인자한 미소를 띠었다.

"강천이 그 친구는 잘 지내느냐?"

구노의 물음에 태무선이 창밖에 비추는 어둑한 밤하늘을 바라보며 답했다.

"모르겠소. 만족하다 떠났는지 아니면… 아쉬워하다 떠났는지."

"아쉬웠겠지. 그 녀석 성격상…….."

"그럴지도… 은섬."

"네."

태무선이 손을 뻗어 은섬의 머리를 쓰다듬어 주었다.

은섬은 기분이 좋아야 할 태무선의 손길이 이번만큼은 너무도 불길하게 느껴졌다.

"마중혁, 기파랑과 함께 최대한 빨리 도망쳐."

"그게 …무슨…….."

"명령이야."

명령이라는 태무선의 얘기에 은섬은 두말하지 못하고 바깥으로 빠져나가 마부석을 향해 뛰어들었다.

"마중혁! 기파랑!"

"뭐?"

"살고 싶으면 당장 뛰어!"

이 말을 끝으로 은섬이 쏜살같이 날아가자 당황한 마중혁과 기파랑은 저도 모르게 채찍을 내려놓고 몸을 날렸다.

기파랑은 그 와중에 랑아의 고삐를 풀었다.

그리고 얼마 안 가 태무선과 구노를 태우고 있던 마차에서 엄청난 힘의 충돌이 일어났다.

콰―앙―!

지축을 울리는 거대한 폭음성과 함께 대지가 진동했다.

그 폭발력이 어찌나 강했는지 도망치던 마중혁과 은섬은 도망치던 것도 잊어버린 채 뒤를 돌아볼 정도였다.

"주군……."

"교주님! 제기랄 대체 무슨 일이야!?"

마중혁의 물음에도 은섬은 아무런 대답도 할 수 없었다.

단지 심장을 찌르는 듯한 불안감이 은섬의 몸을 달아오르게 만들었다.

"지금은 움직여야 해."

"교주님을 이대로 두고 도망치잔 말이냐!?"

"주군의 명령이야."

마교주의 명령은 절대적.

제 아무리 태무선을 위해서라면 그 누구와도 싸울 준비가 되어 있는 마중혁이라고 하더라도 명령에 불복종할 순 없었다.

침음성을 흘리며 돌아선 마중혁은 은섬을 향해 물었다.

"이젠 어쩌지?"

"어쩌긴 산중객잔으로 돌아간다."

여기서 산중객잔까지는 한나절하고도 반나절을 더 달려야 한다. 그러나 모든 내공과 힘을 동원해 쉼 없이 달린다면 반나절이면 충분했다.

그러기 위해서는 산을 가로질러야 했기 때문에 은섬은 산을 향해 몸을 날렸고, 마중혁과 기파랑이 앞서가는 은섬을 따라 움직였다.

쿠우우——!

피어오르는 모래먼지 사이로 태무선과 구노가 모습을 드러냈다.

"지워버리려 했다. 탈혼귀영대… 과거의 망령이 나를 찾아왔고, 나는 마교의 잔재를 완전히 지워버리려 했지. 그런데 야차율을 죽이는 대신 네가 나타났구나. 태무선."

"구황목."

태무선은 나무막대기에 몸을 반쯤 의지하여 서 있는 노인을 바라봤다.

겉으로 본 구황목의 모습은 그저 힘없는 노인네에 불과했지만, 구황목이 기세를 끌어올리자 피부가 찢겨져나갈 듯한 압박감이 느껴졌다.

'똑같군.'

전력을 다한 지강천과 마주했을 때 느꼈던 압박감.

태무선은 숨을 몰아쉬며 입술을 살짝 깨물었다.

"그저 그냥… 넘어갈 수도 있었을 게다. 그런데 내게 싸움을 건 것은 죽은 스승에 대한 복수를 위해서더냐."

"그냥 살면서 한번쯤은 제자노릇도 해봐야지 않겠습니까."

"그것이 죽음이라고 하더라도 말이냐."

"아직 안 죽었습니다."

"하하. 무슨 의미가 있겠느냐. 곧이든 지금 당장이든."

구황천의 손이 움직이는가 싶더니 태무선의 어깨에서 피가 튀어올랐다.

'보이지도 않는 검격이라.'

태무선은 자신의 왼손을 내려다보았다. 시퍼렇게 멍이 들어버린 왼쪽 손등.

'어처구니가 없네.'

상대는 진검이 아니라 아무 곳에서나 구할 수 있는 나무 막대기를 들고 있었다.

그럼에도 태무선은 하마터면 손등이 부러질 뻔했다.

힘을 적게 준 것도 아니었다.

지강천과의 싸움에서 이미 전력을 다하지 않으면 죽는다는 것을 배운 후였기에 구황목에게도 전력을 다했다. 그러나 구황목은 이미 격이 다른 존재였다.

"과연 지강천이 선택한 사내로구나."

놀란 것은 비단 태무선만이 아니었다. 구황목은 자신의 검격을 쳐낸 태무선의 권격에 놀라워했다. 원래대로라면 태무선의 어깨가 아니라 그의 팔을 잘라냈을 터였다.

하지만 태무선이 날린 권격이 구황목이 내지른 검격의 경로를 비튼 것이다.

"우연인지 운명인지 넌 내 앞에 섰구나. 나는 또다시 투신의 핏줄을 끊어내게 되었다."

구황목이 전력을 다하려는 듯 그가 서 있는 대지가 움푹 파이기 시작하며 구황목의 주변으로 돌풍이 불어닥쳤다.

"부디… 나를 용서치 말거라."

'없다.'

태무선은 구황목의 모습이 사라지는 것을 두 눈으로 목도했다.

'찾아야 해.'

구황목을 찾아야 한다는 생각이 태무선의 뇌리를 스쳐지나가는 순간, 구황목은 태무선의 앞에 나타났다.

그리고 나무막대기가 태무선을 베어 들어왔다.

꽈앙—!

대기를 울리는 거친 굉음과 함께 태무선의 신형이 뒤쪽으로 주르륵 밀려났다.

"쿨럭!"

기혈이 뒤틀리고 핏물이 입술을 비집고 터져나왔다. 피를 토해내며 고개를 들어올린 태무선은 자신의 왼손에서 감각이 느껴지지 않음을 깨달았다.

'단 두 번의 격돌로 왼손이 박살났다.'

태무선은 헛웃음이 나오는 것 같았다. 그리고 그제야 지강천이 구황목을 죽이라는 둥 자신의 복수를 이루어 달라는 둥의 얘기를 하지 않은 이유를 알게 되었다.

그건 지강천이 자신의 제자를 위해서 했던 얘기가 아니었다.

'이기는 게 불가능한……'

적수가 없는 강자. 말 그대로 무적(無敵)이었다.

만약 구황목이 진검을 들고 있었다면?

태무선은 상상조차 하기 싫었다.

"후욱!"

숨을 깊게 내뱉으며 고개를 들어올린 태무선은 자신의 앞에 태연히 나무막대기를 들고 서 있는 구황목을 바라봤다.

'역시 물러서지 않는구나.'

구황목은 자신을 노려보며 서 있는 태무선을 향해 쓴웃음을 지었다.

지강천의 제자라는 것은 거짓이 아니었던가.

힘의 격차를 맛본 태무선은 물러서기는커녕 더욱 짙은 투기를 내뿜기 시작했다.

'십 년. 십 년만 더 늦게 만났다면. 즐거운 승부가 되었을 테지.'

구황목은 천상 무인이었고, 그 역시 지강천 만큼이나 싸움을 즐겼다.

피와 살점이 난무하며 한순간의 방심이 곧 죽음인 생사투.

그러나 지금은 그때 그 감정을 느낄 수 없었다.

이 세상아래에 자신보다 강한 자는 존재하지 않기 때문이었다.

"그러니 시험해봐야겠지. 네가 투신에 어울리는 남자인지."

구황목이 검을 들어올렸다.

실제로는 그저 막대기를 들어올리는 것이었으나 태무선은 눈앞에 거대한 칼날이 솟구친 느낌이었다.

'구황목과 같은 검사들은 더 이상 검이 필요치 않는다. 그 이유는… 무엇을 들어도 명검이 되기 때문에.'

태무선은 지강천이 했던 말을 곱씹으며 앞으로 나아갔다.

어차피 도망치거나 물러서는 법을 배우지 못했다. 또한 막거나 피하는 법도 배우지 못했다.

그가 십수 년간 배워온 것은 오로지 상대방을 향한 공격.

"후우우우."

길게 호흡하며 발끝에 힘을 준 태무선이 자세를 낮추며 오른 주먹에 내력을 집중했다.

곧이어 태무선의 오른 주먹에 강대한 기운이 휘몰아치며 모여들었다.

쿵―!

태무선의 신형이 엄청난 속도로 구황목을 향해 쇄도해갔다.

구황목은 다가오는 투신의 제자를 향해 자신의 검을 휘둘렀다.

서걱―!

대기가 갈라지고 뒤이어 대지가 갈라졌다.

거대한 칼날이 휩쓸고 간 듯 대지에는 깊은 검상이 새겨졌다.

하지만 태무선의 주먹은 구황목이 쥐고 있는 나무막대기에 멈춰있었다.

"대단하구나."

구황목은 진심으로 감탄했다.

이제 겨우 약관을 넘긴 듯한 어린 무인이 자신의 검을 멈춰 세우다니.

만약, 정파 무인들 중 한명이 이러한 무위를 보여주었다면 구황목은 정파 무림의 미래가 밝다 여기며 눈을 감았을 것이다.

한편, 태무선은 구황목의 칭찬에도 아무런 대꾸도 할 수 없었다.

'어깨가 빠질 것 같네.'

검격에 맞서 휘두른 권격.

파천일격(破天一擊)이 구황목에게 타격을 가하기는커녕 그가 아무렇게나 내지른 검격을 막다가 모든 힘을 다하고 말았다.

'한번으로는 안 돼.'

한번의 공격으로는 구황목을 이길 수 없음을 깨달은 태무선은 빠르게 발을 튕기며 구황목의 목덜미를 발등으로 후려쳤다.

"망설임이 없구나."

구황목은 자신의 막대기로 강철도 구부러뜨리는 태무선의 발차기를 가볍게 막아낸 후 왼손으로 태무선의 복부를 찔렀다.

"쿨럭!"

태무선의 신형이 빠르게 날아가 바닥을 굴렀다.

"미치겠네."

입가에 흐르는 피를 닦아내며 복부에 손을 가져다댄 태무선은 옆구리에 새겨진 작은 구멍을 내려다보았다.

만약 오른손으로 구황목의 손등을 쳐내지 않았다면 구황목의 지공이 그의 장기들을 꿰뚫었을 것이다.

"저런 자와 어떻게 맞선겁니까. 스승님."

태무선은 새삼스럽게 지강천이 대단하게 느껴졌다. 물론, 지강천은 태무선이 겪어본 어떠한 무인들보다도 강했다.

자신이 수십 년을 수련해도 이길 수 없을 것만 같았던 게 바로 지강천이었는데, 그의 맞상대였던 구황목을 마주하자 지강천이 어떤 상대와 싸움을 벌여왔는지 알 것만 같았다.

'할 수 없지.'

태무선은 천천히 몸을 일으켜 세우며 남은 기운을 모조리 끌어 모아 자신의 오른손에 집중시켰다. 그 모습을 지켜보던 구황목은 막대기를 곧추세우며 씁쓸한 표정을 지었다.

"결국 네놈도 투신이라는 거냐."

다른 이라면 격의 차이를 느끼고는 도망치거나 살아나갈

방법을 모색했을 것이다.

그러나 태무선은 달랐다.

이길 수 없음은 태무선이 누구보다도 더 절실하게 깨달았을 것이다. 그럼에도 그는 도망치거나 살아나갈 궁리를 하지 않고 오히려 더 큰 힘을 끌어내며 구황목에 대적하려 했다.

"나도 그에 걸맞은 싸움을 해줘야겠지."

구황목의 막대기가 먼지가 되어 바스러졌다.

대신, 구황목은 자신의 오른손을 들어올렸고, 곧이어 백색의 검강이 그의 오른손을 타고 뿜어져 나왔다.

검의 극한에 달해야지만 도달할 수 있는 그야말로 검신의 경지.

심검합일(心劍合一)이었다.

"오너라, 작은 아이야."

* * *

"

왜 멈추는 거야?"

쉼없이 산을 오르던 은섬이 갑자기 제자리에 멈춰서자 마중혁이 의아한 표정을 지었다.

"제길……."

"제길이라니. 오랜만에 만난 네 주군에게 그게 할 말이더냐."

산의 정상 부근에서 멈춰선 은섬과 마중혁 그리고 기파랑의 앞에서 한 남자가 모습을 드러냈다.

평범한 외모였으나, 그의 기척은 누구도 알아차리지 못했다.

달빛에 반사된 그의 눈동자는 형형하게 빛을 냈다.

검은 가죽옷을 입은 사내는 자신의 허리춤에서 두 개의 단검을 뽑아든 채로 은섬과 마중혁을 마주했다.

"오랜만이구나. 은섬."

"단주……."

"항간에서는 네가 기억을 잃어버렸다고 하던데. 나를 알아보는 것을 보아하니 그건 아닌 모양이야."

"반은 맞고 반은 틀립니다."

"흐음? 네 기억이 완전하지 못하다는 거냐."

은섬은 굳이 대꾸하지 않았지만, 아랑단주는 그럴 줄 알았다면 고개를 끄덕였다.

"하긴 네 기억이 온전했다면, 네가 마교의 교주 따위와 함께 돌아다니며 헛짓거리를 하고 있진 않았겠지. 안 그러냐 은섬."

아랑단주 백은섭.

그의 등장에 은섬은 바짝 긴장하며 식은땀을 흘렸다.

비림이 세워지고 그들의 이름이 중원 전역에 울려퍼지게 된 것은 모두 백은섭 덕분이었다.

비림이 암살한 중원의 수많은 고수들 중 대부분이 백은

섭의 손에 목숨을 잃었기 때문이다.

살수 중 최초로 오대세가주의 목을 벤 사내.

웃는 얼굴을 한 귀신의 검이라 하여 소안귀검(笑顔鬼劍)이라 불리는 백은섭을 향해 은섬은 감히 단검을 꺼내들지 못했다.

그때였다.

"지금 교주님을 따위라고 하였느냐."

마중혁이 새로이 나타난 백은섭을 향해 이를 드러내며 도를 뽑아들자 은섬이 손을 들어올렸다.

"나서지 마라. 마중혁."

"너나 나서지 마."

은섬의 경고를 무시한 채 앞으로 나선 마중혁은 폭발적인 기운을 뿜어냈다.

그가 들고 있는 기다란 도에서는 검푸른색의 검기가 불꽃처럼 피어올랐다.

"호오… 훌륭한 검기인 걸? 역시 마교의 절정고수. 마흉도인가?"

"네놈도 비림의 살수냐."

"정확히 말하면 네 옆에 있는 은섬의 직속상관이라 할 수 있지. 그러니 이제 돌려주실까."

백은섭이 은섬을 향해 손을 내밀자 마중혁이 그녀의 앞을 가로막았다.

"흥! 이 녀석을 데려가려거든 날 상대해야 할 거다."

"마중혁!"

은섬은 마중혁이 미쳤다고 생각했다.

상대는 비림, 아랑단의 단주인 백은섭이었다.

지금 당장 뿔뿔이 흩어져 도주한다 해도 살아남을 가능성이 극히 적은데 도리어 싸움을 걸다니?

은섬이 마중혁의 옷깃을 붙잡자 마중혁이 은섬만이 들을 정도로 작게 말했다.

"너는 산중객잔으로 돌아가 장로님을 모셔와라. 이왕이면 산적왕도 함께."

"넌……."

"왜 이렇게 답답해진 거냐, 잿머리. 설마 이 마흉도가 저런 살수따위에게 질 거라 생각하는 거냐?"

"응."

은섬이 지체 없이 고개를 끄덕이자 마중혁이 인상을 썼다.

"칫. 솔직한 놈."

두려울 게 없이 살아온 마중혁이었지만, 지금 그의 앞에 서서 웃고 있는 사내를 보고 있자니 두 다리를 후들거리는 듯했다.

'괜히 잿머리의 상관이 아니군.'

웃는 얼굴로 내뿜는 백은섭의 살기는 마중혁조차 감당하기 힘들었다.

그럼에도 그는 도를 들고서 백은섭을 향해 기세를 끌어

142

올렸다.

"혹시 나와 싸워볼 생각인가?"

백은섭의 질문에 마중혁이 침을 뱉으며 비릿하게 웃었다.

"아니, 죽일 생각이다."

"흐음. 아쉽게 됐네. 넌 날 죽일 수 없어. 물론, 널 죽이는 것도 내가 아닐 테고."

"뭐?"

웃는 얼굴로 팔짱을 낀 채 나무에 몸을 기댄 백은섭은 품속에서 작은 방울이 달린 묵색 막대기를 꺼냈다.

"네 옆에 그 아이는 은랑일족의 유일한 생존자다."

"정말로 혈족이라는 게 있었나?"

마중혁의 시선이 은섬을 향했다.

파르르—

백은섭이 작은 방울을 꺼내드는 시점부터 은섬의 몸은 사시나무 떨 듯이 떨기 시작했다.

뭔가 이상함을 깨달은 마중혁이 은섬의 양 어깨를 붙잡고 그녀를 진정시키려했다.

"역시 나야. 나는 애초부터 네가 혈족… 응? 야 잿머리! 너 괜찮아?"

마중혁의 물음에도 은섬은 아무 말 없이 몸을 떨며 백은섭이 들고 있는 작은 방울에 시선을 고정시켰다.

"제길."

"은랑일족은 평범한 인간들과는 달리 특별한 능력을 갖고 있지. 남들보다 뛰어난 감각과 영민한 두뇌… 그리고 타고난 야생적인 본능. 하지만 은랑일족은 한 가지 문제가 있었어."

백은섭이 방울을 딸랑거리며 은섬을 향해 천천히 다가왔다.

방울이 딸랑거리며 소리를 낼 때마다 은섬은 몸을 흠칫 떨었다.

"그것은 바로 태어날 때부터 갖게 되는 살육의 본능. 맹수나 다름없는 은랑일족은 그야말로 맹수였다. 같은 인간을 죽이는 것에 아무런 거리낌도 느끼지 못하지. 죄책감이나 죄악감은 물론이요, 망설임조차 없다. 이 때문에 무림에서는 은랑일족은 특급 위험요인으로 선별하여 그들을 모조리 찾아 죽였다."

처음 듣는 은랑일족에 대한 얘기는 마중혁의 귀에 전혀 들어오지 않았다.

그는 어떻게든 은섬이 방울소리를 듣지 않게 하려 은섬의 두 귀를 자신의 손으로 틀어막았지만, 이마저도 소용이 없는 듯 은섬의 떨림은 멈추지 않았다.

"그러니 생각해 보거라, 은랑일족이 갖는 살육의 본능을 제어할 수만 있다면 어떨까?"

백은섭은 방울을 딸랑거리며 히죽― 웃었다.

"범인들은 흉내조차 낼 수 없는 타고난 감각과 본능 그리

144

고 살육에 대한 죄책감이나 죄의식을 느끼지 않는 완벽한 살인병기. 그것이 바로 은섬이다."

"닥쳐!"

마중혁이 고함을 내지르며 고개를 들었다.

"개장수 이 자식은 어디로 간 거야!?"

개똥도 약에 쓸땐 없다더니 기파랑의 모습이 보이질 않았다.

"할 수 없지!"

마중혁은 손끝으로 은섬의 수혈을 짚었고, 은섬의 몸이 빠르게 무너져내렸다.

무너지는 은섬을 받아들고 자리에 조용히 앉힌 마중혁은 땅에 박아둔 자신의 도를 뽑아들며 백은섭을 죽일 듯이 노려보았다.

"이 개자식 곱게 죽진 못할 거다."

마중혁이 이를 갈며 기운을 한껏 끌어올리자 백은섭이 자신의 품속에 방울을 집어넣으며 안쓰러운 표정을 지었다.

"멍청하긴. 녀석도 나름대로 은요와 싸우고 있었는데, 은섬의 노력을 허투루 만들어버렸잖아."

"은요라고?"

"그래 은섬의 진짜 이름이지."

은요(銀妖).

은섬이 가장 두려워하는 이름이자, 은섬이 가장 두려워

하는 존재였다.

"내가 알까보냐. 일단 네놈을 먼저 족치고 나면 다 해결되겠지!"

푹―!

등쪽에서부터 느껴지는 아찔한 고통에 고개를 내린 마중혁은 자신의 가슴을 뚫고 나온 서슬 퍼런 빛의 칼날을 발견했다.

숨이 제대로 쉬어지지 않았고, 눈앞이 아찔했다.

움직여지지 않는 고개를 겨우 돌린 마중혁은 자신의 등에 단검을 박아넣은 은섬을 발견할 수 있었다.

"은…섬."

마중혁의 신형이 천천히 무너졌고, 이를 무심히 지켜보던 은섬은 자신의 단검에 묻어 있는 피를 털어내며 백은섭을 향해 걸어갔다.

"그래 가출을 즐거웠느냐."

"죄송합니다."

"괜찮다. 이렇게 돌아왔으니까… 응?"

백은섭은 어디선가 불쑥 나타난 커다란 들개를 보며 고개를 갸웃했다.

들개는 제 덩치에 어울리지 않게 눈치를 보며 살금살금 다가오더니 이윽고 쓰러진 마중혁의 입에 물고 산속으로 달아났다.

그 동작이 얼마나 민첩한지 백은섭이 손을 쓰기가 어려

울 정도였다.

"휘유— 저 들개가 적아단이라는 곳의 들개 왕인가? 크
긴 엄청 크네, 들개주제에."

백은섭은 순식간에 자취를 감춘 마중혁을 보며 은섬을
향해 손을 뻗었다.

"실수는 없었겠지?"

"정확히 사혈을 찔렀습니다. 저자가 살아남을 확률은 없
습니다."

"하하하! 농담이야. 은요가 살행(殺行)을 실수할 리 없
지. 자, 그럼 돌아가자."

백은섭은 멀찍이서 느껴지는 엄청난 기의 방출을 느끼며
눈을 빛냈다.

"마교주는 내가 아니더라도 처리해줄 사람이 있는 것 같
으니까."

이토록 멀리 떨어졌어도 피가 저릿저릿했다.

피가 곤두설 만큼 강렬한 기의 충돌은 백은섭의 심장을
두근거리게 만들었다.

"저 노인네는 죽을 때가 되었는데도 정정하단 말이지."

＊　＊　＊

"후우우……."

태무선의 입에서 핏물이 주르륵 흘러내렸다.

사력을 다한 권격이었다.

자신이 알고 있는 투령무일체 최강의 권법인 투신멸천격(鬪神滅天擊)을 펼쳤다.

그동안 쌓아놓은 모든 기운을 한점에 담아 내질렀다.

커다란 장원 하나를 날려버릴 만큼 강대한 기운이 담겨 있는 멸천격이었으나 태무선은 자신의 앞에 멀쩡히 서 있는 구황목을 보며 허탈한 표정을 지었다.

"괴물이네… 괴물이야."

놀란 것은 비단 태무선만이 아니었다.

'내 심검을… 흩트려놓았다.'

심검합일의 경지에 올라선 구황목은 자신의 오른손을 가만히 바라봤다. 방금까지만 해도 백색의 빛을 내며 찬란하게 솟구쳤던 그의 검강이 지금은 희미한 빛만을 내뿜고 있었다.

"약관의 나이에 나의 심검을 깨다니. 네 재능이 참으로 무섭구나."

구황목은 태무선을 바라보며 감탄했다.

이제 겨우 약관을 넘긴 태무선의 권격이 자신의 심검을 거의 깨뜨렸다. 만약 어쭙잖은 기운을 담아 만든 심검이었다면 도리어 구황목이 위험할 뻔했다.

"애석하구나. 아무래도 하늘은 투신의 재림을 원하지 않는 듯하니."

위험했다.

그동안 쌓아올린 무림맹이라는 자신의 기둥이 한 사내에 의해 무너질 뻔했다.

무서울 정도로 놀라운 재능.

태무선은 과연 위험한 자였다.

"물러서라."

그런데 구황목이 기운을 거두며 한걸음 물러섰다. 놀란 태무선이 의아한 표정을 짓자 구황목이 말했다.

"네 두 손은 감당할 수 없는 기운에 의해 망가져 더 이상 쓸 수 없다. 또한 방금 전 펼친 네 권격으로 인해 내공은 모두 바닥났겠지."

검신이라는 칭호는 단순히 강하기 때문에 얻은 칭호가 아니었다.

잠시 태무선을 훑어본 것만으로도 그의 상태를 단숨에 알아차린 구황목은 차가운 목소리로 말을 이었다.

"몸이 온전했을 때에도 넌 날 이길 수 없고, 지금도 마찬가지다. 그러니 물러서라. 그리고 도망쳐라 다시는 무림에 발을 들이지 말거라. 그리하면 살 수 있을 것이다."

달콤하기 그지없는 구황목의 제안에 태무선은 숨을 몰아쉬며 하늘을 올려다보았다.

별들이 촘촘히 새겨진 밤하늘을 올려다보던 태무선은 가만히 눈을 감았다.

작은 밭을 일구고.

적당히 어여쁜 아내와 아이는 두 명 정도.

사람들이 너무 많은 것은 번거로우니 한적한 시골로 돌아가자.

누구도 찾지 않고, 누구도 방해하지 않는 그런 한가로운 삶을 살아가는 거야.

무공이 있으니 작은 밭이나 논 정도는 혼자서 가꿀 수 있겠지.

한가롭고 평화로운 삶을 떠올리자 태무선의 입가에 저절로 미소가 지어졌다.

참으로 완벽한 삶이 아닐 수 없었다.

태무선이 갈등하는 것 같자 구황목이 쐐기를 박았다.

"원한다면 평생 먹고 살 수 있을 만큼 많은 돈을 쥐어주마. 무림맹이든 사악교든 그 누구도 너를 찾을 수 없는 곳으로 보내주마."

평생의 경쟁자였던 지강천에 대한 속죄인가. 아니면 일말의 자비인가.

구황목은 태무선을 살려주겠다고 말했다.

태무선은 마교의 새로운 교주였으니 구황목의 제안은 매우 파격적 인것이었다.

'찾을 수 없는 곳… 평생을 놀고 먹을 수 있을만큼 많은 돈이라.'

이러면 논이나 밭을 일굴 필요가 없었다.

그저 평생 놀고먹으며 귀찮은 일, 번거로운 일 아무것도 할 필요가 없었다.

그야말로 태무선이 바라는 이상향.

잠시 행복한 상상을 이어나가던 태무선은 입맛을 다시며 두 눈을 떴다.

"하아… 미안하게 됐어. 제안은 고맙지만."

태무선이 유일하게 움직이는 두 발 중 오른발을 앞으로 내밀며 대지를 찍어눌렀다.

쿠웅―!

죽어가던 태무선의 눈동자가 다시 한 번 불타올랐다.

"도망치거나 물러서는 법은 배우질 못했거든."

예상했던 일이었기에 구황목은 애석한 듯 굳어진 얼굴로 오른손을 들어올렸다.

그의 오른손에선 다시 한 번 백색의 검강이 솟구쳤다.

"투신지로(鬪神指路)를 완성하였구나."

죽음의 순간까지도 물러서거나 도망치지 않고 싸움에 임하는 것.

그것이 바로 투신지로의 처음이자 마지막이었다.

여기서 태무선이 물러섰다면 구황목은 그를 죽이지 않을 생각이었다.

싸움에서 물러서는 자는 절대로 투신의 반열에 오를 수 없기 때문이었다.

이길 수 없음에도. 죽음이 확정된 상황에서도 태무선은

발을 구르며 자신의 앞에 섰다.

"기어코 투신이 되겠다면… 나도 어쩔 수 없구나."

구황목이 가볍게 발을 튕겼다.

그는 분명히 가볍게 발을 굴렀지만, 구황목이 서 있던 대지는 강렬하게 폭발하며 대지를 울렸다.

어느새 태무선의 앞에 나타난 구황목은 태무선을 향해 자신의 심검을 휘둘렀다.

'구황목의 검은 강하다. 그 무엇으로도 막을 수 없을 만큼.'

구황목의 검은 단순했다.

아니, 단순할 수밖에 없었다. 그의 검은 무엇으로도 막을 수 없었으니, 변화할 필요가 없었기 때문이었다.

'그래도 이렇게 죽는 건 너무 억울하잖아.'

죽는 건 막을 수 없다. 그렇다면 최소한 발악이라도 해봐야 하지 않겠는가.

자신을 덮쳐오는 구황목의 심검을 향해 태무선이 제 몸을 내밀었다.

'미련하긴! 나의 심검에 간격이란 무의미하다!'

실제로 검이 존재하지 않았기에 검신의 심검엔 간격이란 무의미했다.

구황목은 자신의 오른손을 끌어당겨 자신에게 바짝 붙은 태무선을 베었다.

촤악—!

붉은 선혈이 허공에 흩뿌려지며 태무선의 신형이 뒤쪽으로 넘어갔다.

그의 입과 코에선 쉴 새 없이 피가 토해져나왔다.

그런데 쓰러지는 태무선이 구황목을 향해 미소를 지었다.

"허!"

태무선을 벤 구황목은 자신의 쇄골부근을 손끝으로 매만졌다.

선명하게 새겨진 이빨자국과 함께 살갗이 찢겨져 피가 흘러내렸다.

"죽는 순간에도 쉬이 가지 않는구나."

구황목은 자신의 앞에 쓰러져있는 태무선을 바라보며 헛헛한 웃음을 토해냈다.

마지막 투신은 죽을 때도 그냥 죽지 않았다.

자신의 살을 물어뜯고 결국 피를 보게 만든 것이다.

"이제 나오거라. 이 순간만은 기다렸을 텐데."

태무선이 쓰러지고 난 후 구황목은 허리를 곧추세우며 정면을 응시했다.

곧이어 맹우와 시월현이 어둠속에서 모습을 드러냈다.

"검신을 이곳에서 뵙다니 놀랍군요."

시월현이 너스레를 떨며 포권을 하자 구황목이 자신의 허리를 주먹으로 두드리며 곧추세웠던 허리를 도로 굽혔다.

"사악교의 쥐새끼들이구나."

"검신께서 저희를 알아봐주시니 영광이군요."

쥐새끼들이라 불렸어도 시월현과 맹우는 함부로 화를 내지 못했다.

상대는 현 무림에서 가장 강한 무인으로 손꼽히는 중원제일인, 검신 구황목이었다.

그의 심검은 그 어떤 명검이나 무구로도 막을 수 없다 알려졌으니 시월현과 맹우는 섣불리 움직일 수가 없었다.

"이 자는 저희가 끝을 맺어도 되겠습니까?"

시월현이 태무선을 가리키며 물었고, 구황목은 무심한 눈길로 쓰러져있는 태무선을 응시했다.

'살아 있단 말인가.'

분명 자신의 심검으로 몸을 베고 심(心)을 잘라냈다.

평범한 이라면 절대 살아남을 수 없는 검격이었으나, 태무선은 미약한 숨을 내뱉고 있었다.

"그냥 놔두어도 곧 죽을 놈이다."

구황목의 말에 맹우가 앞으로 나섰다.

"이 녀석에게 내 제자가 목숨을 잃었소. 그러니 검신께서는 이만 이 자를 내게 양보하시오."

"하하하! 아무래도 내가 중원에 오랫동안 떠나있었던 모양이구나. 누군지도 모를 녀석들이 내게 요구를 하다니 말이야."

구황목은 웃고 있었지만 그의 몸에서 풍기는 기세는 결

코 얕지 않았다.

그저 그를 마주하는 것만으로도 온몸이 바스라질것만 같
은 압박감을 받기 시작한 시월현은 내심 쓰러져있는 태무
선을 대단하다 여겼다.

'이런 괴물을 상대로 죽기직전까지 싸우다니. 대단한 놈
이군.'

시월현은 한걸음 물러서며 고개를 숙였다.

"기분이 나쁘셨다면 죄송합니다. 하지만 저희는 마교주
의 죽음을 확인해야 하는 몸입니다."

"그냥 놔두어도 죽을 녀석이다."

"물론, 구 대협을 믿지 못하는 것은 아니지만……."

"그렇다면 지켜 보거라, 그 녀석의 죽음을. 하지만 손대
진 말거라. 만약 네놈들이 그 아이의 육체에 손을 댄다면
사악교는 그날부터 나를 직접 상대해야 할 것이다."

이 말을 끝으로 구황목은 미련 없이 등을 돌려 자리를 떠
났다.

"반송장이나 다름없는 나이일 텐데 아직도 정정하네. 뭘
챙겨먹었는지 물어봤어야 했나?"

사라진 구황목을 보며 너스레를 떨던 시월현은 자리를
깔고 앉아 금방이라도 끊어질 것 같은 미약한 숨을 내뱉는
태무선을 바라봤다.

"검신을 상대하고도 여태껏 살아 있다니 목숨줄 하나는
엄청나네요. 안 그렇습니까?"

"쯧!"

맹우는 자신의 망치를 들고 태무선을 향해 다가갔다. 그러자 시월현이 맹우를 막았다.

"검신을 적으로 돌릴 생각이십니까?"

"너는 검신이 두려운 게냐."

"당연히 두렵지요. 만약 저희들의 행동으로 구황목이 사악교와 본격적으로 싸움을 벌이겠다 선언하면 저희는 교주님께 죽습니다."

"날 막을 수 있는 것은 아무것도 없다. 그게 검신이든… 교주든!"

맹우는 거침없이 앞으로 나아가 태무선을 향해 망치를 들어올렸고, 시월현은 이마에 손을 짚으며 고개를 돌렸다.

"아이고, 난 모른다."

맹우의 단독행동으로 몰아가기 위해 시선을 멀리하고 모른 척하던 시월현은 멀리서부터 다가오는 한 마리의 말을 발견했다.

"저건 또 뭐야?"

"네 제자의 핏값은 내가 직접 받아내겠다!"

맹우는 태무선을 향해 망치를 들어올렸고, 있는 힘껏 내리찍었다. 아니, 내려찍으려 했다.

"흠!"

태무선의 머리를 박살내려 맹렬하게 휘둘러진 맹우의 망치는 허공에서 급격히 멈춰섰다.

급히 망치를 거둔 맹우는 자신의 가슴을 보호했고, 빗살처럼 날아온 하나의 검기가 맹우의 망치를 때렸다.

꽈앙—!

거친 폭음성과 함께 맹우가 망치를 휘두르며 자신의 앞에 나타난 한 남자를 발견했다.

"너는 누구냐."

"무림맹……."

남자는 검을 들어올렸고 그의 검신에서 강렬한 기운을 머금은 검강이 맹렬하게 솟구쳤다.

"천기단의 단주, 혁우운이다."

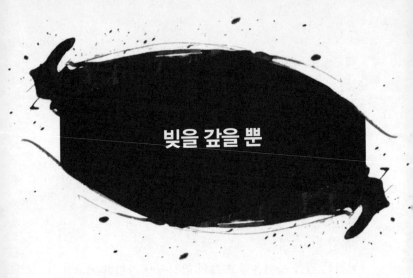

빚을 갚을 뿐

"천기단……."

맹우와 시월현의 시선이 혁우운과 그의 뒤를 따라 나타난 천기단을 향했다. 천기단의 모든 전력이 동원되었는지 그 수가 결코 적지 않았다.

"천기단이 왜 나를 방해하는 거지? 마교주의 죽음은 네놈들도 바라는 것일 텐데."

맹우의 물음에 혁우운의 시선이 죽은 듯 쓰러져있는 태무선을 향했다.

"그래."

"그렇다면 방해하지 마라. 우리의 싸움은 네가 바라지

않아도 곧 벌어질 테니."

맹우의 설명에도 혁우운의 검 끝에 생겨난 그의 검강은 사라질 기미를 보이지 않았다.

그 뿐만이 아니었다. 천기단은 개개인 모두가 절정에 달한 고수들이었게 그들은 검기를 머금은 칼날을 시월현과 맹우를 향해 겨누고 있었다.

혁우운이 물러서지 않자 맹우가 이를 바득거리며 말했다.

"기어코 나를 방해할 생각이냐."

"마교주는 죽는다. 하지만 네놈들의 손이 아닌 무림맹의 검에 죽는다."

"애초에 마교주를 이 모양 이 꼴로 만든 것은 우리가 아니라 당신들이 자랑하는 검신 구황목의 짓입니다. 그러니 마무리만 우리가 하겠다는 건데 안 된다는 말입니까?"

시월현이 어깨를 들썩이며 말을 건넸다.

검신 구황목의 이름이 흘러나왔음에도 혁우운은 전혀 동요하지 않았고, 오히려 더욱 강렬해진 기세로 맹우와 시월현을 쏘아보았다.

"마교주를 두고 꺼져라."

혁우운이 맹우와 시월현을 향해 다가갔고, 맹우와 시월현은 다가오는 천기단을 보며 인상을 썼다.

'쳇, 하필 천기단이 나타날건 뭐야.'

맹주를 지키는 무림맹 최고 정예집단, 천기단.

그중에서도 천기단주 혁우운은 무림오강 중 한명으로 손 꼽히는 고수로서 사악교 내부에서도 삼존에 버금가는 존 재라 알려져 있었다.

이쪽은 맹우라는 광왕, 삼존 중 한명이 있었으나 나머지 천기단을 시월현 혼자 막아내기엔 역부족이었다.

"맹우님."

"물러서자는 말을 하지마라. 시월현."

"하아……."

시월현은 짜증스러운 눈빛으로 맹우를 쏘아봤다.

'괜히 광왕이 아니란 말이지. 허세를 부리려거든 검신에 게 부리던가. 콱 죽어버리게.'

혼자서라도 발을 뺄까 고심하던 시월현은 하늘을 날고 있는 한 마리의 갈까마귀를 발견했다.

갈까마귀는 호선을 그리며 허공을 날고 있었고 이를 발 견한 시월현이 눈을 빛냈다.

"이런! 교주님의 부름입니다."

시월현이 손을 위로 치켜들자 맹우가 고개를 들어 하늘 을 올려다보았다.

"저건 교주님의 혈오(血鳥)입니다. 지금 당장 돌아가야 합니다!"

"헛소리마라 내가 돌아갈… 큭!"

시월현의 손짓에 맹우가 잠시 하늘을 올려다보는 순간, 혁우운이 비호처럼 날아와 맹우를 향해 검기를 날렸다.

맹우와 시월현은 하늘에서 떨어지는 혁우운의 검기를 피해 뒤로 물러섰다.

그 순간, 혁우운이 쓰러진 태무선은 안아들었다.

"이놈이 감히 잔재주를 부려!"

혁우운을 향해 맹우가 망치를 휘두르려 하자 수십 명의 천기단이 일제히 맹우에게 달려들었다.

"이놈들!"

맹우가 자신의 망치를 맹렬하게 휘둘렀고, 이에 천기단이 검방진을 세우며 맹우의 공세에 대항했다.

"이 새끼들이!"

강렬한 기운이 부채꼴모양으로 펼쳐지며 천기단원들을 압박했지만, 개개인이 절정에 달한 고수들로 구성된 천기단은 검방진을 세우며 맹우의 공격을 막아냈다.

'아직 살아 있군.'

죽기 일보직전이라 여겼던 태무선이 여전히 숨을 내쉬고 있자 혁우운은 그를 품에 안고 뒤로 물러섰다.

천기단은 태무선과 혁우운을 보호하는 검진을 만들어내며 맹우와 시월현에게 검을 겨누었다.

짧은 대치상황.

분노한 맹우가 내공을 끌어올리자 시월현이 맹우의 어깨에 손을 올렸다.

"지금은 물러서야 합니다."

"닥쳐라!"

"교주님의 명을 정녕 무시하실 생각이십니까?"

시월현의 물음에 맹우가 거친 욕지기를 내뱉으며 기운을 거두었다. 이윽고 맹우가 신형을 돌리며 침을 내뱉자 시월현이 안도의 한숨을 살짝 내쉬며 혁우운을 향해 손을 들었다.

"저희는 이만 돌아가 보도록 하겠습니다."

손을 흔들며 돌아선 시월현은 두어 걸음 걷다가 제자리에 멈춰섰다.

"아. 그리고 한 가지 충고하자면, 당신이 감싸고 있는 마교의 교주는 검신과 함께 몇 합이나 겨룬 자입니다. 만약 살려두면 두고두고 무림맹의 가장 큰 적이 될 자."

시월현이 묘한 표정을 지으며 자신의 손끝으로 목을 긋는 시늉을 했다.

"꼭 죽이십시오."

이 말을 끝으로 시월현은 맹우와 함께 자리를 떠났고, 혁우운은 자신의 품에서 미약한 숨을 토해내고 있는 태무선을 내려다보았다.

'그냥 두어도 죽을 자다.'

간신히 숨을 붙들고는 있으나, 태무선의 기운은 점점 희미해져갔다.

마치, 꺼져가는 촛불처럼 태무선의 생명이 꺼져가고 있는 것이다.

"어떻게 할까요?"

질문을 받은 혁우운은 품속에서 단검을 꺼냈다.

"해야 할 일을 해야지."

* * *

"젠장… 제기랄! 이게 대체 무슨 일이야!"

기파랑은 산길을 따라 내달렸고, 그의 옆으로 커다란 들개인 랑아가 등에 마중혁을 태운채로 달리고 있었다.

"여기 어디쯤일 텐데."

고개를 두리번거리며 뭔가를 찾고 있던 기파랑은 널찍한 공터에 세워진 객잔을 발견하곤 환한 표정을 지었다.

"저기다! 랑아야, 이쪽으로 오거라!"

기파랑은 랑아와 함께 객잔으로 달려가 문을 벌컥 열어 젖혔다.

그 안에는 심각한 표정을 짓고 있는 한 남자가 있었다.

본능적으로 그가 마교의 주요 인사임을 눈치챈 기파랑은 랑아의 등에 태워진 마중혁을 탁자위에 올리며 소리쳤다.

"나를 도와주십시오!"

기파랑의 외침에 그에게 다가온 사강목은 그가 데려온 이가 마중혁이며 그의 가슴에 깊은 자상이 새겨져있음을 발견했다.

"마중혁!? 이게 대체 무슨 일이냐."

놀란 사강목이 마중혁을 부축하여 객잔의 위로 올라갔다.

뇌우명은 사강목이 데려온 마중혁을 보며 얼굴을 굳혔다.

"이번엔 또 뭔 난리냐!?"

"마중혁입니다. 상처가 깊은 듯하니 빨리 봐주십시오."

"병상에 눕히거라."

뇌우명은 재빨리 마중혁의 상처를 살폈다.

"자… 장로니……."

"말하지 말거라! 상처가 깊다!"

"교… 교주님을……."

끊어지는 듯한 마중혁의 목소리를 들은 사강목은 눈을 크게 키우며 고개를 번쩍 들었다.

"교주님……."

정신을 차린 사강목이 마중혁을 데려온 기파랑에게 다가 그를 향해 소리쳤다.

"교주님! 교주님은 어떻게 되었느냐!"

눈이 붉게 변한 사강목의 고함성에 기파랑이 당황해하며 말했다.

"나, 나도 잘 모르겠소. 길을 가다가 한 노인을 태우게 되었는데… 얼마 안 가 은섬이라는 아이가 도망치라고 하여 마차에서 도망쳤소. 그 이후로 엄청난 폭음성이……."

"노인……."

사강목은 머리가 쭈뼛 섰다.

초주검이 되어 돌아온 탈혼귀영대의 대주 야차율.

그는 검신을 만나 이루지 못했던 수십 년 전의 복수를 이루려했지만, 실패했다.

그런 야차율이 정신을 잃기 전 사강목에게 남긴 한마디는 구황목이 살아 있다는 말이었다.

'설마 구황목과 교주님이 만난건가?'

우연도 이런 우연이 없었다.

마교의 교주가 탄 마차에 구황목이 타게 되었다. 그리고 서로를 알아본 두 무인은 격돌했고, 그 싸움에서 마중혁과 은섬 그리고 기파랑을 구해내기 위해 태무선이 도망치라고 명령했을 것이다.

그렇다면 태무선은 어떻게 되었는가.

사강목이 설마하는 얼굴로 기파랑을 바라봤지만 기파랑은 고개를 저어야 했다.

"나도 모르겠습니다. 나는 그저……."

"어디냐."

"어디냐니……."

"구황목과 교주님이 만난 곳이 어디냔 말이다!"

사강목의 외침에 산중객잔이 건물 째로 흔들렸고, 기파랑은 겁에 질려 자신이 달려온 곳을 가리키며 답했다.

"북서쪽으로 산을 두 개정도 넘게 되면 있소."

기파랑이 말을 끝마치기 전 사강목은 산중객잔을 뛰쳐나갔다.

사강목이 산중객잔을 떠나자 뇌우명은 마중혁의 상처를

살피며 기파랑을 향해 물었다.

"누구의 솜씨더냐. 혹 그 은발머리 소년의 솜씨더냐?"

"그렇습니다. 아…! 은섬이라면 그 아이는……!"

"알고 있다. 분명 마중혁을 살리기 위해 먼저 선수를 친 것일 테지. 이건 고도로 훈련된 살수의 솜씨다. 칼날이 가슴을 꿰뚫었지만, 아주 간발의 차이로 심장을 비껴갔고, 주요 혈도들도 다치지 않았다."

"그 말은……."

"겉으로 봤을 땐 치명상을 입힌 듯하지만, 실제로는 위험한 부위를 모두 빗겨간 거다. 물론, 그대로 놔뒀다면 위험했겠지만 제때 와주었어."

뇌우명은 기파랑의 어깨를 두드려준 후 마중혁에 대한 치료를 시작했다.

고비를 넘겼다는 생각에 기파랑은 뒷걸음질을 치다가 랑아의 품속에 몸을 기대며 깊은 한숨을 내쉬었다.

"후아아……."

'너는 숨어 있어. 아랑단주는 네게 관심을 갖지 않을 거야. 그리고.'

'그리고?'

'내가 마중혁을 찌르거든 그를 데리고 최대한 빨리 이곳에서 도망쳐.'

백은섭이 방울을 꺼내 흔들기 직전 은섬이 기파랑을 향해 은밀히 전달한 얘기였다.

돌아가는 상황은 제대로 알 수 없었으나, 은섬의 말대로 해야겠다고 마음 먹은 기파랑은 랑아와 함께 수풀에 몸을 숨겼다.

은섬이 마중혁을 찌르고 마중혁이 쓰러지는 순간, 랑아를 이용해 마중혁을 데리고 필사적으로 도망쳤다.

다행히 백은섭은 그의 뒤를 쫓지 않았다.

"돌아버리겠군."

악운(惡運)은 예고 없이 찾아온다 했던가.

기파랑은 죽은 듯이 쓰러져있는 마중혁을 바라봤다.

* * *

"하아… 하아……!"

은섬이 전력을 다해도 약 반나절이 걸리는 거리를 두 시진만에 주파한 사강목은 전투의 흔적이 고스란히 남아 있는 대지를 걸으며 고개를 두리번거렸다.

어린 투신과 검신의 싸움이 만들어낸 전투의 흔적들은 사강목이 걷는 걸음마다 밟혔다.

사강목의 발걸음이 멈춘 그곳엔 붉은 선혈이 흩뿌려져 있었다.

"교주님."

사강목은 제자리에 두 무릎을 꿇고 앉아 오열했다.

그 어디에서도 태무선의 모습은 찾아볼 수 없었다.

"끄흑… 끄으으윽… 끄흐윽!"

이미 망가질 대로 망가진 대지를 두 주먹으로 내려치며
오열하던 사강목은 하늘을 올려다보며 원망했다.

"투신의 패배로 마교가 망했을 때 내 하늘은 무너져 내렸
소. 나는 마교를 재건하고자 피와 땀을 흘렸지만, 변하는
건 없었지. 그러던 중 죽은 줄 알았던 교주님의 제자를 만
나게 되었소. 그 아이의 이름은 태무선. 정말… 차기 교주
로서 그리고 차기 투신으로서 손색이 없는 사내였소!"

굵직한 눈물을 흘리며 하늘을 향해 두 손을 펼친 사강목
이 목이 터져라 고함을 내질렀다.

"나는 하늘이 내게 내려준 처음이자 마지막 기회라 여겼
소! 하늘은 마교를 버리지 않았다 그렇게 믿었단 말이오!
그런데… 그런데 이게 뭐요!"

사강목은 억울하고 비통했다.

차라리 자신이 대신 죽을 수 있다면, 그는 골백번이고 더
죽어줄 수 있었다.

"왜 하늘은 마교를 져버린 것이오. 이런 식으로 마교를
버릴 거라면 왜 태무선이라는 사내를 내 앞에 데려다 준
것이오! 그 사내는… 그 아이는 투신이 될 아이였소. 그런
데 내가… 내가…….."

사강목은 머리를 땅에 박으며 자신의 가슴을 쥐어뜯었다.

심장이 터질 것만 같았고, 온몸이 바스러지는 것 같은 고통이 느껴졌다.

"내가 그 아이를 죽였소."

차마 하지 못했던 말을 내뱉으며 사강목이 고개를 들었다.

붉디붉어진 그의 두 눈동자는 분노와 원한으로 가득 찼다.

"내 기필코 죽이리라."

사강목의 양손이 검게 물들었다.

"내 기필코… 검신을 죽이리라!"

분노한 사강목의 양손이 메마른 대지를 터트렸다.

투신과 검신이 싸움을 벌인 그곳엔… 이제 아무도 남아 있지 않았다.

그곳에 남은 거라곤 이미 지나가버린 싸움의 흔적들이었다.

* * *

"돌아왔느냐."

사악교의 총단에서 붉은 반지를 손에 낀 사내는 자신의 앞에 한쪽 무릎을 꿇고 앉아 있는 은섬을 내려다보았다.

"늦어서 죄송합니다."

"네겐 아직 이루지 못한 임무가 있다. 기억하느냐."

"기억하고 있습니다."

"수행하라."

"존명."

자리에서 일어난 은섬이 고개를 숙인 뒤 등을 돌려 사라지자 백은섭이 못마땅한 얼굴로 사라져가는 은섬의 뒷모습을 지켜봤다.

"또다시 호랑이굴로 은요를 보내시는 겁니까?"

"그게 불만이더냐."

"혁우운은 무림오강이라 불리는 현 무림의 절대강자 중 한명입니다. 은요가 혁우운의 암살을 시도했다가 간신히 목숨을 부지한 채 살아 돌아왔음을 잊으신 겁니까? 은섬은 은랑일족으로 조금만 더 키우면 최고의 살수가 될 겁니다. 그런데……"

"나는 내게 대드는 이를 용서치 않는다. 그럼에도 너를 살려두는 이유를 알고 있느냐."

사내의 물음에 백은섭이 고개를 숙였다.

"쓸모가 있기 때문이지요."

"그래 내가 널 살려두는 이유는 너라는 존재가 내게 쓸모가 있기 때문이다 하지만, 이 이상 선을 넘으려 한다면 너는 내게 가치가 없어진다."

"죄송합니다."

"돌아가라."

백은섭이 고개를 숙인 뒤 돌아서자 이번엔 시월현과 맹

170

우가 백은섭의 자리를 대신하여 섰다.

둘의 등장에 사내는 턱을 괸 채로 흥미로운 표정으로 입을 열었다.

"구황목의 손에 마교의 교주가 목숨을 잃었다 하였느냐."

"그렇습니다."

"보았느냐."

보았냐는 교주의 물음에 시월현은 쉬이 답하지 못했고, 이는 맹우도 마찬가지였다.

잠시간의 침묵이 이어졌고, 먼저 말문을 연 쪽은 시월현이었다.

"분명 검신의 심검이었습니다. 마교의 교주는 살아남지 못할 것입니다. 게다가 그를 데려간 것은 무림맹, 천기단의 단주 혁우운입니다. 그자는 맹을 위해서라면 무슨 짓이든 할 자이니 마교의 교주를 살려둘 리 없습니다."

"나는 보았느냐 물었다."

시월현은 감히 교주의 얼굴을 마주하지 못한 채 고개를 숙여야 했다.

"보지… 못했습니다."

"그런데도 너는 내게 마교의 교주가 죽었다고 보고하였구나. 네 눈으로 마교주의 죽음을 보지도 못한 채 말이다."

"죄송합니다."

사악교주는 눈을 감은 채 명했다.

"시월현."

"예."

"마교주의 죽음을 확인하라. 그리고 광왕."

"부르셨습니까."

"마교주로 인해 미뤘던 대업을 재개하라."

"존명."

"존명."

명을 받은 시월현과 맹우가 자리를 떠나자 사악교주는 자리에서 일어나 계단을 천천히 내려갔다.

한걸음 또 한걸음 내려갈 때마다 단전에서 용솟음치는 기운을 간신히 억제한 사악교주는 핏줄이 터질 것처럼 돋아난 자신의 오른팔을 내려다보았다.

"이제… 얼마 남지 않았습니다."

* * *

"벌써 떠나려는 거냐?"

뒷짐을 진 백은섭이 말없이 앞서 걷는 은요의 옆에 붙었다.

"명령을 받았습니다."

마치 인형처럼 아무런 감정도 느껴지지 않는 눈동자와 목소리.

그녀는 마치 목각인형처럼 메마른 몸짓으로 앞을 향해 걸어나갔다.

그녀를 빤히 바라보던 백은섭은 은근한 목소리로 말을 건넸다.

"마교주가 죽었다. 구황목의 손에 두 동강이 났다더군. 그 시체는 무림맹에 걸려 마교에 대한 본보기가 되고 있는 모양이야. 참으로 지독한 죽음이지."

말을 마치며 백은섭은 은요의 얼굴을 살폈다.

그녀의 얼굴은 여전히 무표정했다.

"쩝. 은섭일 때가 재미있었는데 말이야. 아무튼 조심하거라. 이번엔 머리 다치지 말고."

백은섭은 은요의 등을 쳐주며 돌아섰고 은요는 여전히 말없이 어둠속을 걸었다.

*　*　*

"이젠 어떻게 해야 하는 거야."

"당연히 복수를 해야!"

해산문이 그답지 않게 흥분하며 소리쳤다.

말없이 자리에 앉아 있던 장호련이 고개를 끄덕였다.

그러나 황룡산은 부정적이었다.

"녹림과 장강 그리고 얼마 없는 마교도와 저기 들개들이 힘을 합쳐서 무림맹을 치자는 거지?"

황룡산의 물음에 해산문이 입을 다물었다.

사실상 불가능한 복수였다.

무림맹의 규모는 마교와 비교할 수 없을 만큼 컸고, 진짜 복수의 대상이라 할 수 있는 검신은 현 마교의 전력을 모조리 동원해도 이길 수 있을까 말까한 존재였다.

그런데 무림맹과 검신을 동시에 상대한다?

그야말로 자살행위나 다름없었다.

"네 놈은 왜 말이 없느냐. 이제 그만 충격에서 벗어나야지!"

뇌우명은 말없이 가만히 앉아 있는 사강목에게 호통을 쳤다.

모두의 시선이 사강목을 향했다.

처음 태무선의 죽음을 전해 들었을 때 여기 모인 모든 이가 걱정했던 것은 사강목이 분노를 주체하지 못하고 무림맹에 쳐들어가는 것이었다.

그런데 돌아온 사강목이 처음으로 한 행동은 말없이 태무선의 죽음을 모두에게 전하여 그들을 한 자리에 모이게 하는 것이었고, 그 이후로는 아무 말도 하지 않았다.

오히려 역정을 내야 할 사강목이 가만히 있자 뇌우명을 포함한 나머지 일행들은 답답해 미칠 지경이었다.

"사강목! 이대로 가만히 있을 게냐?"

뇌우명이 재차 호통 치자 사강목이 고개를 들어 모두를 둘러보며 말했다.

"복수할 것이오. 대신, 지금은 때가 아니오."

낮게 가라앉은 사강목의 목소리는 모두를 차분하게 가라 앉혔다.

"난 두 명의 주군… 두 명의 교주님을 단 한사람에게 잃었소. 처음엔 힘이 없어 지키지 못하였고, 두 번째는 어리석어 지키지 못하였소."

사강목은 두 손을 가지런히 모은 채 탁자위에 올렸다.

"이길 수 없는 싸움이라는 것은 모두가 잘 알고 있을 것이오. 그러니 나는 이제 이길 수 있는 싸움을 해야겠소."

"이길 수 있는 싸움?"

"그렇소."

사강목이 손가락을 들어 무림맹의 총단이 있는 곳을 가리켰다.

"나는 맹주를 칠 것이오."

* * *

"끌끌끌!"

익숙한 목소리에 눈을 뜬 태무선은 희끗한 머리와 수염을 가진 노인을 바라봤다.

"뒤졌구나."

노인이 재미있다는 듯 술 병째로 술을 들이켜며 웃었다.

벌려진 입술사이로 투명한 액체가 노인의 목구멍을 타고

흘러가는 것을 멍하니 바라보던 태무선은 머리를 긁적였다.

"예. 졌습니다."

"내 말하지 않았느냐. 투신에게 패배란 곧 죽음이라고."

"그러게 진작 도망치거나 물러서는 법을 알려주셨어야죠. 하다못해 막거나 피하는 법이라도 알려줬으면 이렇게 쉽게 지진 않았을 겁니다."

"그랬다면 달라졌겠느냐."

노인, 지강천이 이미 답을 알고 있다는 듯 물었다.

태무선은 그의 앞에 앉아 어깨를 으쓱였다.

"달라지진 않았겠죠."

"그리고 네가 약해서 진 것을 왜 내 탓을 한단 말이냐."

"그 노인네가 너무 강한 겁니다. 그리고 스승님도 구황목에게 졌잖습니까."

"흐흐흐하하! 사제가 단 한 놈에게 져서 죽다니 웃기지 않으냐."

"후."

가벼운 한숨을 내쉬며 지강천의 술을 가로챈 태무선은 이를 목에 털어 넣으며 하늘을 올려다보았다.

청평한 하늘과 그 위로 날아다니는 몇 점의 하얀 구름.

무릉도원이라면 바로 이곳을 말하는 걸까.

스쳐가는 선선한 바람이 머리카락을 간지럽혔다.

"좋지 않으냐."

지강천이 바람을 타고 흐르는 나뭇잎을 손가락으로 잡아내며 말하자 태무선이 고개를 끄덕였다.

"네가 바라던 삶이란 게 바로 이런 것이 아니겠느냐. 걱정과 근심이 없으며 또한 널 귀찮게 하는 것도 존재하지 않는다. 이곳은 네가 바라는 이상향이니까."

"정말로 그렇습니다."

"수고했다."

　지강천의 부드럽고 따스한 손길이 태무선의 머리를 가볍게 쓰다듬었다.

　처음으로 느껴보는 스승의 따스한 손길이 태무선은 무척이나 낯설었다.

"갑자기 왜 이러는 겁니까? 죽음을 겪으시더니 성격이라도 변하신 겁니까?"

"둘 다 죽었으니 이제 서로 반목할 이유가 있겠느냐. 그저 영원히 이곳에서 한가로이 살아가자구나."

　대자로 누워버린 지강천을 따라 태무선이 눈을 감고 제자리에 드러누웠다.

　태어나서 죽을 때까지.

　처음으로 태무선은 완벽한 휴식을 취하게 되었다.

"좋구만."

　태무선의 입가에 저절로 미소가 생겨났다.

"겨우 숨은 붙여놨습니다."

"이건……."

구황천은 태무선의 가슴을 가로지르는 특이한 모양새의 검상을 바라봤다.

칼날로 베인 것이 아닌 살갗과 근육이 스스로 벌어진 듯한 기이한 검상.

과거, 이와 같은 검격을 본적이 있는 구황천은 고개를 끄덕이며 태무선에게서 손을 뗐다.

"확실합니다. 할아버님의 심검이로군요."

태무선을 죽인 검격이 구황목의 심검이라는 것을 확인한 구황천은 그럼에도 미약하게 숨을 내쉬고 있는 태무선을 보며 입을 벌렸다.

"대외적으로는 마교주의 죽음을 선포하세요."

"그렇다면 이 자는 어떻게 하실 생각이십니까?"

혁우운의 물음에 구황천은 태무선에게서 물러서며 그의 팔과 다리를 구속하고 있는 두꺼운 쇠사슬을 바라봤다.

평범한 쇠사슬이지만 안쪽으로는 혈도를 짓누르는 돌기가 나 있어 무인들을 구속할 때 쓰이는 특수 구속구였다.

"이미 할아버님의 심검에 의해 단전이 망가지고 모든 혈도가 찢겨졌습니다. 만약 살아남는다 해도 무인으로서는 살아갈 수 없을 겁니다."

구황천은 태무선에게서 등을 돌렸다.

"마교주가 이곳에 있는 것은 비밀입니다. 그 누구도 알아서는 안 됩니다."

"알겠습니다."

　무림맹에서 얼마 떨어지지 않은 이름 없는 산 중턱에서 모습을 드러낸 구황천은 장포를 머리 위까지 뒤집어쓴 후 산을 내려갔다.
　구황천이 비밀리에 만든 은신처에서 태무선과 단둘이 남겨진 혁우운은 제자리에 앉아 양손과 양발에 구속구를 차고 있는 태무선을 말없이 내려다보았다.
　죽어가는 태무선을 살린 것은 혁우운의 결단이었다.

　'될 수 있다면, 마교주를 죽이지 말고 생포해 주십시오.'

　현 무림맹주의 대행인 구황천의 명령이었으니 혁우운은 품속에서 천기단주가 되면서 지급받은 소림의 대환단을 단검을 이용해 반으로 자른 후 태무선에게 먹였다.
　소림의 대환단은 죽은 사람도 살린다고 알려져 있을 정도로 천하제일의 명약임과 동시에 소림에서도 1년에 한번 만들어질까 말까 할 정도로 귀한 단환이었다.
　"무엇이 너를 살아 있게 만든 거냐."
　검신의 심검은 사람의 심신을 모조리 잘라낸다고 하여 절혼검(切魂劍)이라고도 알려져 있었다.
　하지만 실제로 검신의 심검에 의해 죽은 이는 없었는데 그 이유는 감히 검신과 싸우려는 이가 없었으며, 싸운다

해도 검신이 심검을 꺼낸 적은 없었기 때문이었다.

"물론, 넌 이곳에서 절대로 빠져나가지 못할 것이다. 이
곳은 네 무덤이 될 것이며 두 번 다시 빛을 볼 일은 없을 테
니."

복잡미묘한 눈빛으로 태무선을 바라보던 혁우운은 특수
한 방법이 아니면 절대로 열리지 않을 거대한 바위 문으로
지하동굴의 입구를 닫으며 사라졌다.

빛 한 점 존재하지 않는 지하동굴에서 태무선은 작은 숨
을 내쉬었다.

* * *

[마교의 새로운 교주, 무림맹에 의해 죽임을 당하다.]

중원 곳곳에 벽보가 붙었다.

벽보의 내용은 바로 마교에 나타난 새로운 젊은 교주가
무림맹에 의해 죽임을 당했다는 것.

사파의 우두머리가 죽임을 당했다는 소식은 분명 정파
무림에는 희소식이었다.

많은 맹의 무인들이 환호를 지르며 마교의 교주를 욕보
였다.

"그 얘기 들었어?"

허겁지겁 연무장으로 달려온 오유하가 제갈원준을 향해

물었다. 그러자 제갈원준은 뒷머리를 긁적이며 아쉽다는 듯 말했다.

"들었어. 그 녀석이랑은 다시 한 번 만나 제대로 겨뤄보고 싶었는데 아쉽네."

"그게 전부야?"

오유하가 황당하다는 듯 묻자 제갈원준이 뭐 이미 죽은 걸 어쩌겠느냐고 말하며 돌아섰다.

오유하는 굳어진 얼굴로 아랫입술을 깨물었다.

'태무선이 죽었다…….'

태무선의 죽음은 오유하에게 엄청난 충격으로 다가왔다.

물론, 오유하는 무림맹의 무인이었고 태무선은 마교의 교주이니 그들은 적이었다.

그러나 오유하는 태무선을 자신의 적이라 여기지 않았다.

무너진 자신을 일으켜 세우고 죽을 위기에 처한 맹의 후기지수들을 살린 것은 맹의 무인들이 아닌 바로 태무선과 은섬이었다.

"하……."

비통한 일이었기에 오유하는 한손으로 얼굴을 쓸어내리며 한숨을 내쉬었다.

한편, 오유하와의 대화를 마치고 개인 연무장으로 걸어간 제갈원준은 연무장의 한쪽 구석에서 자신의 검을 닦고 있는 장용성을 향해 다가갔다.

"잘 하고 있냐."

장용성은 고개를 끄덕이며 제자리에 일어나 검을 고쳐잡았다.

"다시하지."

검을 고쳐잡은 장용성이 투기를 끌어올리며 제갈원준을 바라봤다.

"이번엔 최선을 다하는 게 좋을 거야."

빙긋 웃은 제갈원준이 장용성을 향해 성큼 다가와 검을 뽑아들었다.

"내 기분이 별로 좋지 않거든."

순식간에 뽑혀나온 제갈원준의 검은 다소 급작스럽게 장용성의 머리를 베어 들어왔다.

장용성은 기겁하면서 그의 검을 막아냈다.

"큭!"

빠르고 날카로웠으며 무엇보다도… 강했다.

"후읍!"

비틀거리며 옆으로 두 걸음 물러선 장용성은 손바닥이 얼얼했다.

'오늘따라 더 괴팍하잖아!'

사악교가 무림맹을 쳐들어온 날 이후로 장용성은 제갈원준에게 도움을 청했다.

그 도움이란 정체되어 있는 자신을 성장시키기 위해 제

갈원준과 대련을 원한 것이다.

자신의 경쟁자였던 노진을 아주 손쉽게 이겨버린 제갈원
준과 대등해질 수 있다면 더욱 성장할 수 있을 거라는 장
용성 나름의 판단이었다.

그런데 제갈원준은 상상이상으로 강했다.

'천재라 이거냐!'

자신도 재능 있는 무인이라 평가받고 있었지만, 제갈원
준을 만난 이후로 그의 생각은 완전히 뒤바뀌었다.

실제로 만나 겨뤄본 제갈원준은 그에게 이렇게 말하는
듯했다.

천재란 바로 이런 것이다.

"자. 힘을 아끼지 말고 덤벼야 할 거야."

'이미 다 쓰고 있는데.'

장용성은 입 밖으로 욕지기가 튀어나올 것 같았지만 그
마저도 힘들었다.

입을 열 시간에 제갈원준의 검을 막아내야 했기 때문이
다.

어깨가 빠질 것 같았고 숨조차 제대로 쉬지 못해 호흡곤
란이 올 지경이었다.

'이 새끼 오늘따라 왜 이러는 거야!?'

장용성은 더욱 무거워진 제갈원준의 검을 받아내며 소리
없는 비명을 내질러야 했다.

＊　＊　＊

"제길."

인상을 쓰며 목욕을 마친 제갈원준은 양손으로 머리를 쓸어올리며 물기를 털어냈다.

차가운 물로 머리를 식혀봤지만 아직도 무림맹에 붙어 있는 벽보의 내용들이 머릿속을 떠나가지 않았다.

애초에 한번 본 것은 잊지 않는 천재적인 두뇌의 소유자인 제갈원준이었기에 그의 머리를 지배한 태무선의 얘기는 쉽사리 잊히질 않았다.

"그 괴물 같은 녀석이 죽었단 말이지… 그렇게 쉽게 죽을 녀석은 아니었는데."

제갈원준의 머리를 적신 차가운 물은 그의 두뇌를 자극했다.

'마교는 왜 가만히 있는 걸까. 게다가 돌아온 천기단은 아무런 부상자가 없었어.'

마교의 교주가 죽임을 당했는데도 마교는 조용했다. 게다가 무림맹을 빠져나간 천기단은 부상자가 단 한명도 없었고, 천기단주인 혁우운은 옷깃조차 상하지 않았다.

'천기단주가 태무선을 압도했다면 가능한 얘기지만, 그랬을 리 없어.'

천기단주 혁우운은 무림오강이라 불릴 정도로 강인한 무

184

인이었다.

그러나 제갈원준이 잠시 확인한 태무선은 그 한계를 알 수 없는 잠재력을 지닌 자였다.

"제 아무리 천기단이라고 하더라도 태무선을 손쉽게 죽였을 리 없어. 그랬다는 것은 천기단이 태무선을 죽인 게 아니라는 건데……."

그렇다면 누가 태무선을 죽인 걸까.

그리고 왜 무림맹에서는 자신들이 태무선을 죽였다고 선포하였는가.

만약 사악교의 짓이라면 사악교가 마교의 교주를 죽였다고 선포하고 둘 사이를 이간질 할 수 있을 것이다.

"맹의 힘을 보여주고 싶었다? 현 맹주의 성격상 그런 건 아닐 텐데."

현 무림맹을 총괄하는 구황천은 과시욕이 없는 자였다.

게다가 영민하다면 영민할 수 있을 정도로 똑똑한 자이기에 한순간의 과시욕을 위해서 마교의 교주를 맹의 짓이라고 선포하지 않을 것이다.

그 말은 맹에서 태무선을 죽인 것이 맞다는 것인데 도대체 누가 소리 소문없이 강력한 마교의 교주를 죽였을까.

제갈원준은 다시 한번 차가운 물로 세안을 했다.

"검신."

마치 계시라도 받은 것 마냥 제갈원준은 고개를 퍼뜩이며 입을 열어 검신의 이름을 꺼냈다.

"만약 그가 직접 나선 거라면?"

무림맹은 중원 곳곳에 눈과 귀를 심어두었다.

마교의 새로운 교주가 무림맹의 한복판에서 모습을 드러냈고, 맹주는 그를 돌려보내야만 했다.

만약, 맹주가 새로운 마교의 교주를 죽이기 위하여 검신에게 도움을 요청했었다면?

검신은 최근 몇 년간 모습을 드러내지 않았기에 세간에서는 그가 죽었다는 얘기가 떠돌았다. 그러나 제갈원준은 검신이 살아 있음을 알고 있었다.

"그만한 거물이 세상을 떠났다면 온 중원이 떠들썩했겠지, 애초에 맹주가 가만히 있을 리도 없었을 테고. 검신이 태무선을 죽인 거라면 모든 게 말이 되는데."

검신이 직접 나서서 태무선을 죽인 거고, 맹주는 검신의 생존을 굳이 드러내지 않으려 맹의 짓이라고 선포한 거라면 모든 게 납득이 되었다.

"검신이 살아 있다라… 하긴, 전 마교의 교주를 죽인것도 검신이었으니, 사제가 검신에게 목숨을 잃은 거로군."

쓸쓸하게 웃어보인 제갈원준은 마른 천으로 얼굴을 닦으며 백의각에 마련된 자신의 숙소를 향해 걸어갔다.

"하늘은 끝내 무림맹의 편이었네."

무심한 하늘은 아무래도 무림맹의 편인 듯했다.

그가 원하는 것

무림맹에서 마교주의 죽음을 선포한지도 삼 개월이라는 시간이 지났다.

"혁우운을 죽이려고 했다가 실패했다는 것을 알고 있다. 그 덕분에 기억을 잃고 마교의 교주를 만나 그와 함께 있었다지?"

시월현의 물음에 은요는 고개를 살짝 끄덕였다.

"그렇습니다."

"비림의 살수들은 알려진게 거의 없다지. 너 역시도 세간에 알려진게 아무것도 없는 그저 아랑단의 부단주, 은섬이라고밖에 알려지지 않았다."

시월현은 자신의 앞에서 말없이 걷고 있는 소녀를 바라봤다.

아랑단주 백은섭과 함께 비림을 이끄는 살수들 중에서도 가장 두각을 드러내는 천재.

은랑일족이라는 특별한 능력을 지닌 혈족의 유일한 생존자.

시월현은 그가 자신이 무림맹을 쳤을 때 요월화를 압도했던 살수라는 것을 떠올렸다.

"혁우운을 암살하는 데에 실패한 이유가 뭐지?"

"제가 약했기 때문입니다."

간단명료했다.

하지만 원했던 답변은 아니었기에 시월현이 은섬의 옆으로 다가와 그녀의 어깨에 손을 얹으며 말했다.

"나는 상세한 그날의 얘기가 필요해. 설마 기억이 안 난다고 말할 생각은 아니겠지?"

잠시 침묵을 지키던 은섬은 눈을 두어 번 깜박인 후 입을 열었다.

"천기단주의 별실까지 잠입하는 데엔 성공했습니다. 그러나 그건 비림의 살수를 잡기 위한 함정이었고, 혁우운은 저를 기다리고 있었습니다."

무림맹은 최근 들어 고수들을 암살하고 있는 비림의 살수들을 끌어내기 위한 미끼로 천기단주를 이용했다.

비림의 입장에서 혁우운은 거물중의 거물이었기 때문

이다.

물론, 비림도 만반의 준비를 했다. 아랑단주를 전면에 내세워 시선을 끌고 부단주인 은섬을 이용해 혁우운의 암살을 꾀했다.

"네가 비림의 살수냐."

빛 한 점 없는 어두운 방 안에서 혁우운의 검이 만들어낸 작은 빛 한줄기가 은섬을 덮쳤다.

까강—!

칼날과 칼날이 맞부딪치며 만들어낸 불똥이 어두운 방 안을 잠시 동안 밝혔고, 은섬은 이게 함정임을 눈치 챘다.

'여기서 나간다!'

고수를 상대로 하는 암살은 들키는 순간 실패다.

은섬은 망설이지 않고 별실의 문을 박차고 나갔다. 하지만 그런 은섬을 기다리고 있는 것은 무림맹의 특무대였다.

그들은 사방에서 은섬을 옥죄었다.

'칫.'

이들을 뚫어내야지만 무림맹을 빠져나갈 수 있었기에 은섬은 지체없이 자신을 막아선 특무대의 무인들을 향해 몸을 날렸다.

작은 비호처럼 날아오른 은섬은 하늘에서 쏘아진 화살이 되어 특무대를 덮쳤다.

"크윽! 도, 도와줘!"

특무대의 무인은 은섬의 단검을 간신히 막아내며 허리를

젖혔고, 그를 돕고자 특무대의 무인들이 달려오자 은섬은 오른발로 무인의 얼굴을 짓뭉개며 몸을 튕겼다.

공중제비를 돌며 특무대의 뒤편에 내려앉은 은섬은 고개를 들어 탈출로를 계산했다.

'위험.'

본능적으로 위험을 감지한 은섬은 앞으로 몸을 굴리며 고개를 숙였다.

간발의 차이로 은섬의 머리위로 혁우운의 검이 스쳐지나갔다.

'빨라.'

괜히 무림오강이라 불리는 것은 아니었다.

분명 별실 안에 있는 것을 확인한 후 탈출로를 계산했다. 그러나 그녀의 계산이 끝나기도 전에 혁우운의 검이 날아들었다.

"쉬이 도망칠 수 있을 거라 생각했느냐."

혁우운의 검이 청명한 빛을 내며 반짝였다.

품속에서 꺼낸 은섬의 단검이 달빛을 반사시키며 은색으로 빛났다.

둘의 칼날이 동시에 격돌했다.

까앙―!

"욱!"

은섬은 바닥에 처박혔다.

혁우운의 검이 그녀를 바닥에 짓누른 것이다.

다행이라면 단검으로 혁우운의 칼날을 겨우 막아낸 것인데 문제는 일어날 수가 없었다.

"비림의 살수."

마치 거대한 바위가 짓뭉개고 있는 것처럼 은섬은 일어날 수가 없었고, 혁우운은 자신의 검에 무게를 더하며 말했다.

"여기서 끝을 보자."

'어쩔 수 없나.'

은섬은 두 눈을 감은 채 꽉 붙들고 있던 이성의 끈을 놓았다.

촤악—!

"음!"

혁우운은 자신의 뺨을 스쳐가는 칼날에 놀라 눈을 부릅떴다.

하지만 방금까지만 해도 자신의 검에 짓눌려 있던 살수의 모습이 온데간데없이 사라진 후였다.

고개를 들어 주변을 살피던 혁우운은 어느새 자신의 뒤를 점하고 서 있는 살수를 발견했다.

"속도와 힘이 비약적으로 상승했군. 힘을 숨기고 있었나?"

혁우운의 물음에 머리부터 발끝까지 검은 천으로 자신을 숨기고 있던 살수가 자신의 단검을 빙글 돌렸다.

"그게 네 진짜 모습이겠군."

혁우운의 검에서 푸른색으로 빛나는 검의 형상이 솟구쳤다.

"물론 여기서 살아나갈 순 없을 게다."

소리 없이 혁우운의 신형이 자취를 감췄고, 이에 맞춰 은섬의 신형이 사라졌다.

두 무인과 살수는 엄청난 속도로 서로를 향해 달려들었고, 은섬의 칼날이 은색의 빛을 흩뿌리며 혁우운의 목덜미를 집요하게 노렸다.

그러나 상대는 무림맹 최고 정예조직의 수장, 천기단주 혁우운.

그의 검은 무려 여섯 번의 변(變)을 보이며 은섬을 압박했다.

하지만 은섬도 쉬이 당하진 않았다.

핏줄이 돋아난 그녀의 다리는 땅을 짓뭉개며 도약했고, 허공으로 날아든 그녀는 품속에서 세 개의 단도를 꺼내 던졌다.

쉬익—!

바람을 세차게 가르며 날아간 세 개의 단도는 혁우운을 향해 날아들었다.

그는 한번의 검격으로 모든 단도를 쳐내며 은섬을 향해 검기를 날렸다.

쾅!

폭음성과 함께 피어난 먼지구름 사이로 은섬이 튀어나

192

갔다.

"흠."

혁우운은 달아나는 은섬을 보며 검을 거두었다.

믿을 수 없을 만큼 빠른 반응속도와 결단력. 게다가 자신을 능히 상대할 수 있는 힘과 속도를 지닌 살수는 유유히 혁우운과 무림맹 특무대의 포위를 뚫고 도주했다.

"오래 가진 못할 테지."

자신을 습격한 살수가 도주했음에도 혁우운은 크게 개의치 않았다.

거두어진 그의 칼날엔 피가 묻어 있었다.

* * *

"그 뒤로는 기억나는 게 없는 게냐."

"그렇습니다. 특무대에게 쫓기느라 제대로 지혈을 하지 못하였고, 그들의 추격을 따돌리기 위해 강에 몸을 던지는 순간, 의식을 잃었습니다."

시월현은 혁우운을 암살하려던 은섬이 어떻게 실패했으며 어찌 기억을 잃었는지 알게 되었다.

'천기단주의 검에 의해 기억을 잃은 건가?'

앞서 걸어가는 은섬을 보며 시월현은 백은섭이 말해준 은섬의 정보에 대해 떠올렸다.

'은섬은 본디 두 사람의 자아를 가지고 있소.'

'두 사람의 자아? 이중인격이다 이런 건가?'

'그런 셈이지. 주(主)가 되는 것은 은섬이지만 그녀가 위험해지거나 더욱 큰 힘을 필요로 할때에는 은요가 나오는 것이오.'

'은요?'

'말이 없고 감정이 존재하지 않는 인격이지만, 실력은 누구보다 뛰어난 존재요. 뭐 같이 있다 보면 알게 되겠지.'

'말이 없고 감정이 존재하지 않는다라…….'

시월현은 지난 몇 개월간 자신과 거의 대화를 나누지 않고, 오로지 맹으로 향하는 것에만 전념하는 은섬을 보며 조심스레 물었다.

"네 이름은 무엇이냐."

걸음을 멈춘 은섬이 시월현을 향해 고개를 돌려 그와 눈을 마주한 채 말했다.

"'요'입니다."

말을 마친 은요는 다시 고개를 돌려 앞으로 나아갔다.

시월현은 잠시 마주한 은요의 눈빛을 떠올리며 몸을 살짝 떨었다.

'꽤 싸늘한 여자로군.'

감정이 존재하지 않는다.

보통의 살수들은 감정을 죽이기 위한 훈련을 한다. 이는

194

중요한 순간에 감정적 동요를 일으켜 임무를 실패하지 않기 위함이었다.

오로지 살생을 위한 도구로써 길러지는 살수들은 어느새 감정이 존재하지 않는 살육만을 위한 칼날이 된다.

그러나 은요는 그들과는 궤를 달리했다.

'마치 태어날 적부터 감정이란 것을 갖지 못한 것 같군.'

날 적부터 감정을 갖고 태어나지 않은 것처럼 은요의 목소리는 메말랐고, 그녀의 눈동자엔 빛이 없었으며 전신에선 무감정(無感情)이 느껴졌다.

왠지 모를 서늘함을 느끼며 맹의 지근거리로 다가온 시월현은 앞서 걷던 은요를 멈춰 세웠다.

"자 이제 맹에는 거의 다 왔다. 네 목표는 기억하느냐."

"혁우운의 죽음입니다."

"그래 너는 혁우운을 죽이고 나는 맹에 잠입한다."

은요의 목표는 천기단주의 죽음이었다.

시월현의 목표는 마교주의 죽음을 확인하는 일이었다.

그러기 위해서는 두 사람 모두 혁우운이 필요했다.

"무리해서 무림맹을 친 보람이 있다니까."

시월현은 멀찍이서 자신을 향해 다가오는 두 사람을 바라봤다.

두 사람 모두 무림맹의 표식이 박혀 있는 무복을 입고 있었는데 시월현을 발견하자 급히 고개를 숙이며 다가왔다.

"오셨습니까."

"그래, 맹의 동태는 어떻더냐."

"마교주를 죽였다는 소식에 모두가 들떠있습니다만…사악교를 저지하는 데에 힘을 보태준 마교를 죽였다는 사실에 부정적인 자들도 몇몇 있습니다."

"흐음. 정파 놈들이 그렇지 뭐. 그래 혁우운은 어떻더냐."

"천기단주는 간간이 모습을 드러내고 있습니다."

"천기단이 쉬이 모습을 드러내는 자는 아니지. 그런 자가 모습을 드러낸다라……."

무림맹을 급습하는 과정에서 첩자들을 무림맹 곳곳에 심어둔 시월현은 첩자들을 이용해 그동안 무림맹의 동태를 살폈다.

애초에 사악교가 무림맹을 급습한 이유는 그 안에 자연스레 첩자를 심기 위함이었다.

첩자들을 통해 천기단주의 움직임을 살피던 시월현은 그가 두문불출하며 간간히 모습을 드러내고 있다는 사실을 알게 되었다.

"천기단주에게서 시선을 떼지 말거라. 분명히 그자의 행동엔 이유가 있으니."

"알겠습니다."

첩자들을 돌려보낸 시월현은 멀리서보이는 무림맹의 정문을 바라봤다.

'무림맹의 문은 단 하나다.'

임전무퇴(臨戰無退)의 정신으로 지어진 무림맹의 거대한 장원은 그들의 오만함만큼이나 오만한 형식으로 만들어져있었다.

퇴로가 만들어지지 않아 출입구가 단 하나밖에 존재하지 않는 무림맹의 총단.

그러나 시월현은 눈매를 가늘게 좁히며 팔짱을 꼈다.

"비열한 정파 나부랭이들이 정말로 문을 하나만 만들어났을 리 없지."

시월현은 무림맹 총단의 문이 단 하나라는 것을 믿지 않았다.

그는 은요와 함께 걸으며 무림맹의 대장원을 돌며 허공을 향해 손가락을 튕겼다.

"무림맹 주변을 샅샅이 뒤지도록. 우리가 알지 못하는 뒷문이 있을 테니."

"존명."

어둠속에서 모습을 드러낸 수십 개의 그림자가 사방으로 펼쳐졌다.

"자, 우리는 이곳에서 기다리자구."

시월현은 웃는 낯으로 맹의 근처에 지어진 유명한 객잔으로 발걸음을 옮겼다.

한동안 무림맹을 지켜보던 은섬은 말없이 시월현의 뒤를 따라 걸었다.

"제가 왜 진겁니까?"

한동안 누워 떠다니는 구름을 구경하던 태무선이 느닷없이 지강천을 향해 물었다.

지강천은 그딴 걸 왜 물어보냐는 얼굴로 인상을 쓴 채 답했다.

"네가 약하니 진 거지 뭔 이유가 있겠느냐."

"역시 그런 거겠죠?"

"당연한 걸 당연하지 않은 듯 묻지 마라 죽여버리기 전에."

지강천이 으르렁거리며 인상을 쓰자 태무선은 입을 다문 채 고개를 돌렸다.

'저 망할 노인네는 죽어서도 지랄이네.'

같이 저승에 왔으면 살갑게 대해줘도 되지 않겠는가?

하나밖에 없는 귀여운 제자가 구황목의 검에 의해 고혼이 되어 돌아왔으면 반갑게 맞이해 줘도 모자랄 판에 죽은 놈을 또 죽인다고 하고 있으니.

태무선은 저 망할 노인네가 몹시도 마음에 들지 않았다.

"약해서 졌다라."

무공에는 큰 관심이 없었다.

태무선이 투령무일체를 열심히 배우고 단련한 이유는 오

로지 지강천에게 죽지 않기 위함이었고, 언젠가 세상으로 나가기 위함이었다.

그러기 위해서는 괴물 같은 지강천을 쓰러뜨려야 했고, 태무선은 절반의 성공을 거두었다.

"그러고 보니 첫 패배가 아니었군."

이번이 두 번째 패배였다.

첫 번째는 지강천과의 최후결전에서 그에게 패배했다. 물론, 지강천이 때마침 세상을 떠나는 바람에 목숨을 부지할 수 있었다.

그러나 두 번째 패배는 그렇지 못했다.

구황목의 심검은 어김없이 그의 몸을 갈랐고, 운명은 그를 죽음으로 내몰았다.

"생각해보니 억울하단 말야."

대자로 드러누워 있던 태무선이 허리를 들어 올리며 이를 바득바득 갈았다.

"평생 고생만하다가 제대로 쉬어보지도 못하고 죽다니 뭐 이딴 인생이 다 있어."

곰곰이 생각해보니 억울하기 그지없었다.

가난한 부부의 자식으로 태어나 이제 겨우 사람답게 살 수 있게 되었나 싶었는데, 웬 산적이 나타나 그의 부잣집 양부를 죽였다.

자신도 죽을 위기에 처했지만 겨우 나타나 그를 구해준 이가 있었으니, 그가 바로 지강천이었다.

하필… 하필이면 지강천이 나타날 게 뭐람?

차라리 지나가던 협객이었으면 어땠을까?

가족의 품으로 돌아가 가난하더라도 평범하게 자랐다면?

고생은 좀 했겠지만 이렇게 고생만 하다가 죽진 않았을 것이다.

"억울하네 억울해."

바닥을 손가락으로 후비며 억울함을 토해내는 태무선을 향해 지강천이 주먹만 한 돌을 냅다 집어던졌다.

빠각—!

주먹만 한 돌멩이가 태무선의 머리에 맞아 산산조각 났고, 태무선은 뒷머리를 부여잡고 지강천을 노려봤다.

"어쭈!? 이놈이 뒤지더니 이제 눈깔에 뵈는 게 없냐?"

지강천이 성을 내며 따져 묻자 태무선도 지지 않고 맞섰다.

"이왕 뒤진 거 또 뒤진다고 해서 뭐가 달라진답니까."

"허허… 약해빠진 놈 같으니."

"스승님도 구황목에게 졌잖습니까?"

"그놈이 비겁한 술수만 사용하지 않았으면 이 자리에 있는 것은 내가 아니라 구황목이었을 게다. 정파놈들은 하나같이 야비하기 그지없다. 구황목 그놈은 조금 다를 줄 알았는데… 쯧!"

"어쨌든 졌으면서……."

태무선이 중얼거리며 궁시렁거리자 지강천이 참다못해 일어서서 태무선을 향해 걸어왔다.

본능적으로 위험을 직감한 태무선은 벌떡 일어나 지강천을 마주봤다.

"이놈이 기어코 정신줄을 놓았구나!"

지강천이 주먹을 말아 쥐자 그의 주먹에서 엄청난 돌풍이 몰아치기 시작했다.

"네가 투령무일체를 대성하지 못하여 구황목에게 썰려놓고서 이제와 내 탓을 해? 네가 투령무일체를 대성했다면 구황목에게 지지 않았을 게다!"

"투령무일체의 대성은 어떻게 하는데요?"

"그건 내가 아니라 네게 달린거지!"

번개같이 빠르게 다가온 지강천의 주먹이 태무선의 가슴에 내리꽂혔다.

감히 그의 권격을 막을 수 없었던 태무선은 엄청난 속도로 날아가 바닥에 처박히고 구르기를 반복하다가 두꺼운 나무에 박혀서야 멈출 수 있었다.

"쿨럭—!"

입에서 붉은 피를 토해낸 태무선은 생각보다 아프지 않음에 놀랐다.

'저승이라서 그런가?'

원래라면 가슴이 터져나갈 것만 같은 고통을 느껴야 정상이건만 고통이 전혀 느껴지질 않았다.

느껴지는 거라곤 사지의 불편함 그리고 답답함 정도였
다.

"투령무일체는 싸움으로써 단련되고 강해진다. 하지만
너는 오로지 네가 편해지는 것에만 관심을 가지고 싸움은
뒷전이었지."

"뭐하러 싸운단 말입니까."

"그럴 거면 마교의 교주가 되질 말았어야지."

"제가 되고 싶어서 된 게 아닙니다."

"그럼에도 넌 마교의 교주가 되었다."

어느새 태무선의 앞으로 다가온 지강천의 자신의 발로
태무선의 어깨를 밟아 짓눌렀다.

"큭!"

지강천의 발을 떨치려고 했지만, 태무선은 마치 태산이
짓누르고 있는 것 마냥 제대로 움직일 수가 없었다.

그의 몸은 점점 깊은 대지 속으로 빨려들어갔다.

지강천은 흙속으로 파묻혀 머리밖에 남지 않은 태무선을
향해 자세를 낮추곤 말했다.

"네 꿈은 무엇이냐."

손과 발이 땅속에 묶여 움직일 수 없었던 태무선은 고개
를 겨우 들어 말했다.

"한평생 놀고먹는 겁니다."

태무선의 꿈은 단순하고 확고했다.

평생 놀고먹는 것.

귀찮고 번거로운 일 하나 없이 그저 흘러가는 구름처럼, 강 위에 떠오른 낙엽처럼 흘러가는 대로 살아가는 것이었다.

　지강천은 태무선이 그리 말할 줄 알았다는 듯 대소하며 제자리에 주저앉았다.

　"강해져라."

　"이제 와서요?"

　"강해지면 누구도 널 함부로 대하지 못할 것이다. 그 말은 더 이상 널 귀찮게 하지 않는다는 뜻이지. 어쭙잖은 강함은 도전을 부르지만, 압도적인 강함은 경외를 부른다."

　지강천의 손이 태무선의 머리에 닿았다.

　"그러니 강해져라. 이 세상 그 누구보다 강해져라. 그리하면 그 누구도 너를 건들지 못할 테니."

　"이제 와서 강해져봤자 뭐가 달라진답니까. 전 이미 죽었는데요."

　"쯧쯧. 아직도 정신을 못 차린 게냐."

　"무슨 정신 말입니까?"

　따악—!

　지강천이 태무선의 이마를 때리며 말했다.

　"이제 그만자고 일어나거라!"

　귓가에 아득히 들려오는 지강천의 호통성에 태무선이 감겨있던 눈을 번쩍 떴다.

처음 눈을 뜨고 태무선에 눈에 들어온 것은 빛 한 점 없고 습한 어둠과 자신의 손과 발을 묶고 있는 쇠사슬이었다.

태무선은 황당하여 말했다.

"이게 뭐여."

*　*　*

지난 이틀간 태무선이 내린 결론은 단순했다.

자신은 죽지 않았고, 손과 발이 구속된 채 어두컴컴하고 습한 곳에 갇혀 있다는 것.

'무림맹인가?'

자신의 최후를 결정 지은 것은 구황목이었으니 이곳은 무림맹과 관련된 곳일 가능성이 컸다.

그렇다면 무림맹은 왜 자신을 살려둔 것일까.

태무선의 고민을 오래가지 않았다.

그가 정신을 차린 지 사흘만에 낯익은 얼굴이 태무선을 찾아온 것이다.

"깨어나셨습니까."

"그런 것 같아."

태무선은 자신의 앞에 나타난 무림맹주 구황천을 올려다보았다.

그리고 그의 곁에는 천기단주 혁우운이 서 있었다.

구황천은 처음엔 태무선이 정신을 차렸다는 소식에 꽤나

밝은 얼굴이었다.

"할아버님의 심검에 의한 상처로 다시는 눈을 뜨지 못할 거라 생각했습니다. 그런데 역시… 투신의 제자로군요."

감탄하듯 태무선을 위아래로 훑어보던 구황천은 그에게로 다가와 말했다.

"몸은 어떻습니까?"

"몸에 기운이 없고, 두 팔과 다리가 묶여 있어서 답답해."

"죄송합니다. 당신은 어디까지나 마교의 교주. 구속구를 채우는 것은 당연한 조치였습니다."

"하긴… 이제 날 어쩔 셈이지?"

태무선이 담담한 목소리로 묻자 구황천은 그의 앞에 가부좌를 틀고 앉아 두손을 가지런히 모았다.

"사실 당신에게 묻고 싶은 게 한 가지 있습니다."

"그게 뭔데?"

"상처를 회복할 수 있으십니까?"

무림맹주가 할법한 질문은 아니었다.

마교의 교주를 향해 회복할 수 있겠냐니. 태무선은 그의 의도가 궁금하긴 했지만, 지금 자신의 몸 상태로는 회복하기란 불가능이었다.

일단, 구황목의 심검으로 인해 주요 혈도가 엉망이되어 기혈이 마구잡이로 뒤틀렸고, 단전은 온전하지 못한 듯 내공이 느껴지질 않았다.

냉정하게 자신의 몸 상태를 확인한 태무선은 고개를 가로저었다.

"아니, 현재로서는 불가능이야."

"후우… 역시 그렇군요…….'"

구황천이 낙담한 듯 고개를 끄덕였다.

"그렇다면 투신의 무공은 기억하고 계십니까?"

"투령무일체를 말하는 건가?"

"맞습니다."

당연한 질문이었기에 태무선은 당연하다는 듯 대답했다.

"당연히."

"그렇다면 저를 위해서 투신의 무공을 알려주시겠습니까. 보다 정확히 말씀드리자면 투령무일체를 제게 알려주십시오. 투신의… 무공을 말입니다."

"싫어."

태무선은 지체없이 대답했고, 그의 대답을 들은 구황천의 얼굴이 처음으로 굳어졌다.

그는 작고 얕은 한숨을 픽— 내쉰 후 고개를 다시 들어 태무선을 노려봤다.

"지금 자신의 처지를 이해하지 못하고 계신군요. 당신은 마교의 교주. 제가 여기서 당신의 목을 잘라간다해도 저를 탓할자는 아무도 없습니다. 오히려 무림의 영웅으로 칭송받겠죠."

"그럼 그렇게 해."

이번에도 일말의 망설임이 느껴지지 않는 태무선의 대답에 구황천의 고운 아미가 묘하게 뒤틀렸다.

"죽음이 두렵지 않다. 그런 겁니까?"

"두렵지. 하지만 네게 투령무일체를 알려준 후 그 노인네를 다시 만나야 하는 게 더 두렵거든."

이해하지 못할 말을 중얼거리는 태무선을 향해 구황천이 손짓하자 뒤에 서 있던 혁우운이 검을 뽑아들고 다가와 태무선의 목덜미에 칼날을 겨누었다.

날카롭게 벼려진 혁우운의 칼날에선 예기가 뿜어져나왔다.

"기회는 단 한번뿐입니다. 만약 투령무일체를 전수해준다고 약조해준다면 저는 당신께 최고의 대우를 약속드리겠습니다."

"필요없어. 차라리 지금 죽여. 잠깐 죽어보니까 차라리 죽는 편이 더 편하다고 느꼈거든."

"그것도 얼마나 갈지… 지켜보겠습니다."

자리에서 일어난 구황천은 싸늘하게 변해버린 눈빛으로 태무선을 내려다보며 말했다.

"이곳에서 지켜보십시오. 교주를 잃은 마교가 제 손에 처참히 무너지는 꼴을."

말을 마친 구황천은 미련 없이 등을 돌려 지하 감옥을 빠져나갔다.

혁우운은 검을 자신의 검집에 밀어넣으며 태무선을 향해 말했다.

"현명해져라."

"새겨듣지."

혁우운은 인상을 한차례 찡그린 후 바깥으로 빠져나갔다.

홀로 남겨진 태무선은 어둠속에 잠겼다.

'아직 끝나지 않았다.'

죽은 줄만 알았던 자신이 기어코 살아남았다.

자신이 어떻게 구황목에게서 살아남았는지는 중요하지 않았다.

'투령무일체의 대성.'

그의 투령무일체는 8성 그리고 9성의 초입에 다다르고 있었다. 투령무일체의 대성은 10성 그리고 극성은 12성이었으니, 이를 위해서는 최소 두 걸음이 더 남아 있었다.

'하지만 이 상태로는 불가능한데…….'

투령무일체의 대성은커녕 제대로 된 무공을 펼치는 것조차 불가능했다.

기혈은 뒤틀렸고, 혈도는 찢겨져 제대로 된 내공순환이 불가했다. 몸도 정상은 아니었다.

"후우우. 이럴 거면 깨우지나 말지."

자신의 정신을 일깨운 지강천을 잠시 동안 원망하던 태무선은 티끌같이 느껴지는 한줄기의 진기를 찾아냈다.

흩어져버린 모든 내공, 그 중에서도 작은 진기만큼은 꿈틀거리며 그의 아랫배에 남아 있었다.

"좋아. 내가 널 가지고 뭘 할 수 있는지 보자."

태무선은 정신을 집중한 채 운기조식을 시작했다.

원래라면 찢겨진 혈도와 구속구가 팔과 다리의 혈도를 짚고 있어 운기조식이 안 되겠지만, 지금 남아 있는 그의 티끌 같은 진기는 아주 작은 틈새를 비집고 들어가며 온몸을 순환하기 시작했다.

마교재림

"너, 너희는 뭐야!?"

"우리? 그래 잘 물어봤다. 내가 누구냐 하면… 바로 마교의 대장로 사강목이다!"

"흑도마수!"

"그래!"

꽈아앙—!

거대한 폭음성과 함께 신풍문(新風門)의 정문이 박살났다.

무너져내린 신풍문의 정문에는 사강목이 서 있었고, 그의 뒤로는 마(魔)라는 표식이 새겨진 흑의를 입은 무인들이 비호처럼 들이닥쳤다.

"마, 마교다!"

신풍문의 무인들은 자신들을 습격한 흑의무인들이 마교임을 깨닫고는 혼비백산하여 도망쳤다. 다시 나타난 마교의 중심에는 사강목과 함께 한 흑의인이 서 있었다.

백발을 가졌으나 피부는 하얗고 눈에는 붉은 기운이 감돌았다.

"교주님, 이 곳이 바로 신풍문입니다."

"흠… 아주 잡스럽기 짝이 없군. 남겨놓을 가치조차 없다. 전부 불태우도록."

"존명!"

교주라 불린 사내가 손짓하자 사강목은 이를 드러내며 웃으며 마교도를 향해 소리쳤다.

"교주님이 신풍문은 필요 없다고 하는구나! 전부 불태우고 짓밟아라!"

"와아아아!"

마교도들의 거친 고함성과 함께 전의를 상실한 신풍문의 무인들은 발에 불이 나도록 도망치기 시작했다.

신풍문의 문주는 일찍이 몸을 피한지 오래였다.

그들의 장원은 마교가 이끌고 온 불길에 휩싸여 순식간에 잿더미로 변해버렸다.

"다음은?"

"이곳에서 가장 가까운 곳에 위치한 건 백도문입니다.

규모가 꽤나 있는 문파이며 문주의 딸과 남궁세가의 소가
주와 연을 맺고 있어 남궁세가와도 연이 있는 문파입니
다.”

“딱 여흥거리로 좋겠구나. 가자.”

“존명! 자 움직여라!”

사강목과 정체불명의 사내가 이끄는 마교의 무인들은 쉬
지 않고 움직였고, 그날 저녁 백의문은 신풍문과 마찬가지
로 잿더미가 되어 발견되었다.

마교재림!

이 소식은 중원전역에 울려퍼졌다.

한때나마 마교의 새로운 교주가 죽었다는 소식에 기뻐하
던 정파 무림의 사람들은 무림맹을 향해 항의했다.

그들의 거짓정보에 속아 마교에게 당했다는 것이 그들의
주장이었다.

구황천은 다급히 장로회의를 개최할 수밖에 없었다.

“이것이 어떻게 된 겁니까?”

무림맹의 장로들은 하나같이 입을 모아 맹주를 향해 따
져 물었다.

애초에 마교주의 죽음을 선포한 것은 현 무림맹주 대행
인인 구황천이었기 때문이다.

“마교주는 죽었습니다.”

구황천은 한 치의 흔들림 없이 말했다.

"마교는 교주의 죽음에 대한 복수를 위해서 가짜 교주를 전면에 내세우며 무림맹을 공격하는 겁니다. 그들의 교주가 실제로 죽었다는 것이 알려지게 된다면 마교의 위세가 꺾일 것이 분명하니까요."

구황천의 설명은 실로 논리정연 했으나 장로들의 표정은 여전히 석연치 않은 듯했다.

그중에서도 남궁수호가 가장 의심스러운 눈초리로 맹주를 향해 물었다.

"맹주는 마교주의 죽음을 실제로 보셨습니까?"

남궁수호의 질문에 구황천은 잠시간의 침묵을 지켰다. 이는 장로들의 의심에 불을 지폈다.

그리고 이 때를 놓치지 않고 남궁수호가 맹주를 압박했다.

"실제로 마교주의 죽음을 보지 않았으면서 그의 죽음을 선포하신 겁니까? 그렇다면 그 이유는 무엇입니까?"

"마교주는 죽었습니다. 그의 죽음을 천기단주과 확인하였고요."

"그렇다면 마교주의 시신은 어디에 있습니까. 그의 목을 효시하여 전 중원에 마교주의 죽음을 알렸어야 하는 게 아닙니까?"

"그런 잔혹무도한 짓은 마교에나 어울리는 짓, 언제부터 정의를 수호하는 무림맹에서 적의 목을 효시했단 말입니까?"

"그렇다면 하다못해 마교주의 시신이라도 확인하여 그의 죽음을 공표하셨어야 합니다. 그리 하지 않으니 마교에서 가짜 교주를 내세우는 게 아니겠습니까? 아니, 애초에 마교주가 죽었다는 증거가 있으신 겁니까."

남궁수호가 눈을 가늘게 좁히며 구황천을 노려봤다.

그러자 구황천이 한손으로 탁자를 내려치며 말했다.

"할아버님의 심검에 의해 마교주는 목숨을 잃었습니다."

"할아버님? 설마 검신……!?"

"검신이 살아 있었단 말인가?"

"허허… 세상에…….."

검신이 살아 있다는 소식에 장로들이 웅성거리자 구황천이 말을 보탰다.

"저는 비밀리에 천기단을 이용하여 마교주를 쫓고 있었습니다. 그러던 중 우연히도 검신께서 마교주인 태무선을 만나셨고, 그와 겨루어 승리하셨습니다. 하지만 그의 시신은… 심검에 의해 먼지가 된 이후였죠."

심검의 위력은 태산을 가르고 하늘을 벨 정도로 강력하다고 알려져 있었으니 장로들은 감히 구황천의 말에 반박할 수 없었다.

상대는 검신이라 불리는 천하제일인 구황목이 아니던가?

여기서 구황천을 의심한다는 것은 곧 구황목을 의심한다는 의미였다.

괜한 오해가 한 문파와 세가의 흥망을 결정지을 수 있었으니 장로들은 입을 꾹 다물었고, 이는 남궁수호도 마찬가지였다.

'칫… 구황목 그 늙은이가 아직도 살아 있었단 말인가?'

남궁수호는 목을 수그리며 입을 꾹 다물었다.

구황목이 건재하다면 구황천은 건드리는 것은 자살행위나 마찬가지였다.

장로들의 목소리가 잦아들자 구황천이 입을 열었다.

"검신께서는 자신이 중원에 나서는 것을 극히 꺼리십니다. 이번만큼은 예외였기에 직접 검을 뽑아 드셨지만, 더 이상 검신의 이름이 중원에 퍼지는 것을 막기 위하여 저는 마교주의 죽음을 무림맹의 공로라 선포했습니다."

"그렇다면 지금의 마교는……."

"가짜 교주를 내세워 혼란을 일으키고 있는 겁니다. 그들이 노리는 것은… 바로 저겠지요."

"흠……."

"크음!"

장로들이 눈치를 보며 쉽사리 나서질 못하자 구황천이 두 손으로 탁자를 내려치며 자리에서 벌떡 일어섰다.

"하지만 이럴때야 말로 나서는 것이 바로 맹주의 역할. 제가 직접 마교를 막겠습니다."

"그건… 너무 위험합니다."

"맹주님이 직접 나서시다니요!"

방금까지만 해도 구황천을 의심하고 불신하던 장로들이 이번엔 앞 다퉈 맹주를 보호하려들었다.

물론 그들의 행동엔 진심이 느껴지지 않았다. 그저, 검신이 건재하다는 소식에 자신과 자신의 문파를 보전하고자 맹주에게 잘 보이려는 것일 뿐.

이를 잘 알고 있는 구황천은 경멸이 섞인 눈빛으로 장로들을 바라보다 고개를 저었다.

"저들이 원하는 것은 바로 저입니다. 그러니 제가 직접 나서겠습니다."

"천기단과 함께 나서시는 게 어떠십니까."

남궁수호가 두손을 가지런히 모아 의견을 내자 구황천이 고개를 가로저었다.

"아직 무림맹엔 사악교라는 강력한 적이 남아 있습니다. 그들을 위해서라도 천기단은 맹을 지켜야 합니다."

"하지만 맹주님을 지킬 수 있는 이가 있어야 하지 않겠습니까?"

"제가 없어도 무림맹은 건재할 겁니다. 맹주야 다시 뽑으면 되니까요. 하지만 무림맹이 없으면… 정파무림을 지탱할 기둥이 없어지는 겁니다. 그러니 천기단은 무림맹을 지켜야 합니다. 그리고 걱정 마십시오."

구황천은 인자한 미소를 띠며 말했다.

"무림맹은 강합니다. 교주가 없는 마교 따위에 지지 않을 만큼."

* * *

"마교의 재림이라."

침대 맡에 누워 발을 까딱이던 제갈원준은 팔짱을 낀 채 두 눈을 감았다.

"복수를 위해서인가?"

교주의 죽음에도 숨죽여 모습을 숨기고 있던 마교가 급작스럽게 모습을 드러내며 무림맹에 관련된 정파 문파들을 불태우며 자신들의 힘을 과시했다.

그 이유란 단 하나밖에 없었다.

무림맹에 의해 죽은 마교주에 대한 복수.

"그런데 교주가 나타났단 말이지?"

세간에 떠도는 소문과 제갈세가로 속속 들어오는 개방의 정보에 의하면 마교엔 교주라 불리는 존재가 있었다.

백발의 머리와 붉은 빛의 눈동자 그리고 하얀 피부를 가진 사내.

"누가 봐도 마교의 교주답네."

머리를 긁적이며 생각에 생각을 거듭하고 있던 제갈원준은 자신의 방문을 거칠게 열고 나타난 한 사내를 바라보며 질렸다는 표정을 지었다.

"야! 왜 안 와!"

제갈원준의 앞에 나타난 사내의 이름은 장용성.

그는 꼭두새벽부터 나타나 제갈원준과의 대련을 청해왔다.

"너무 이르지 않냐."

"그런가… 그래서. 빨리 나와!"

장용성이 제갈원준의 소맷자락을 붙잡고 그를 강제로 끌고나왔다.

장용성의 손에 붙들린 제갈원준은 똥씹은 표정으로 연무장을 향해 걸어갔다.

그런데 그때 오유하가 제갈원준을 향해 다가왔고, 그녀를 마치 구세주마냥 바라보던 제갈원준이 손을 흔들며 오유하를 반갑게 맞이했다.

"아하하! 내 정신 좀 봐. 이봐 장형, 내가 오 소저와 약조한 것이 있었는데 잊고 있었지 뭐야."

"뭐?"

장용성의 손을 떨쳐낸 제갈원준은 오유하에게 달려가 그녀의 어깨에 손을 얹으며 말했다.

"늦어서 미안해. 자 그럼 가자고!"

"무, 무슨 말이야?"

당황한 오유하가 말을 더듬으며 놀란 표정을 짓자 제갈원준이 애원하듯 작게 속삭였다.

"이번 한번만 그냥 내가 하자는 대로 해 줘."

영문은 모르겠지만 제갈원준의 눈빛이 너무도 절박했던지라 오유하는 할 수 없이 제갈원준의 손에 이끌려 어디론가 사라졌다.

둘의 모습을 지켜보던 장용성이 침을 내뱉으며 인상을 썼다.

"쳇!"

* * *

"무슨 일인데?"

"어후… 저 거머리같은 놈!"

제갈원준은 질렸다는 얼굴로 고개를 절레절레 저었다.

"저놈이 하루도 거르지 않고 나를 찾아와 대련을 청하고 있잖아!"

"해주면 되잖아. 네가 장용성보다 약한 것도 아니고."

"한두 번이야 해줄 수 있지! 하지만 매일같이 찾아와서 하루 종일 대련을 청한다고! 하루는 내가 비 오는 날 먼지 나도록 패주었는데도 변하는 게 없어."

장용성의 집념이 어찌나 강했는지 그는 매일같이 제갈원준을 찾아와 대련을 청했다.

처음엔 제갈원준도 장용성을 위해 대련을 해주었지만, 그 주기가 점점 빨라지더니 이제는 매일 대련을 하고 있었다.

처음엔 여흥. 두 번째엔 시간 때우기, 세 번째엔 지겨워졌다.

'흠씬 두들겨패주면 괜찮겠지?'

제갈원준은 목검으로 대련을 하자고 제안했고, 그 날 장용성은 복날의 개처럼 맞았다.

하지만 온몸에 붕대를 감고 나타난 장용성은 또다시 대련을 청했다.

그야말로 집념의 사나이가 아닐 수 없었다.

"네 덕에 살았다."

오유하의 어깨를 두어 번 두드려준 제갈원준은 쌀쌀해진 아침 공기에 입김을 후후 불며 자신의 팔을 쓰다듬었다.

"그런데 나는 왜 찾아온 거야?"

제갈원준의 물음에 오유하가 이제 생각났다는 듯 손가락을 튕기며 말했다.

"아. 그 소식 들었어?"

"마교?"

"응."

"들었지. 산적출신의 마교도들과 들개들까지 있다지? 참으로 다채롭단 말이야. 차라리 이 지겨운 무림맹보다는 마교가 더 재미있겠어."

무림맹의 일원으로서 절대로 해선 안 될 말을 당당하게 내뱉은 제갈원준을 향해 오유하가 그답다는 표정을 지으며 입을 열었다.

"그것 때문에 맹주님이 직접 움직이기로 하셨어. 물론, 천기단은 무림맹을 지키기 위해 남기로 하였고."

"호오… 맹주가 직접?"

"응. 하긴 마교에서 새로운 교주를 전면에 내세워 정파 문파들을 짓밟고 있으니 맹주님도 가만히 보고 계실 순 없으셨겠지."

팔짱을 끼고 골똘히 생각에 잠겼던 제갈원준이 오유하의 소맷자락을 붙잡고 어디론가 향했다.

"어디 가는 거야!?"

놀란 오유하가 제갈원준을 불러봤지만 그는 대답하지 않고 오유하를 데리고 앞으로 나아갈 뿐이었다.

* * *

마교의 전진은 멈출 기미를 보이지 않았다. 그들은 걸음마다 불길을 만들어냈고, 두려움에 휩싸인 몇몇 문파들은 자신들의 장원을 버리고 도주했다.

또한 몇몇 문파들은 힘을 합쳐 마교를 막아보려 했지만, 맹의 도움 없이 그들만으로 마교를 막아내는 것은 무리였다.

"도망쳐!"

"제길… 흑도마수다!"

그동안 산중객잔을 지키며 몸을 웅크리고 있던 사강목이 자신의 진정한 힘을 가감 없이 내뿜었다.

흑도마수라는 그의 별호답게 검게 물든 사강목의 흑수를

막을 수 있는 자는 존재치 않았다.

"감히 네놈들이 마교를 막을 수 있을 거라 생각하는가!"

무위를 떨치며 전진하기 시작한 사강목의 곁에는 거대한 들개를 필두로 한 들개무리와 황룡산을 선두에 내세운 녹림십팔채가 있었다.

"화, 황룡산… 녹림의 거웅까지!"

무림오강이라 알려진 황룡산이 자신의 녹령환부를 들고 사강목과 함께 전면에 나섰다.

들개들은 특유의 빠른 몸놀림으로 무인들을 덮쳤고, 산적들은 무모함과 거침없는 싸움방식으로 무인들을 상대했다.

그리고 그들의 중심에는 사강목과 황룡산 그리고 새로운 마교주가 함께했다.

마교의 전진은 끝날 줄 몰랐고, 무림맹은 마교를 막기 위해 맹주가 직접 나섰다.

이는 마교주가 전면에 나섰기 때문이기도 했다.

"천기단주는 맹을 지켜주십시오. 우리의 적은 마교뿐이 아닙니다."

"걱정 마십시오. 목숨을 바쳐 무림맹을 지키겠습니다."

"믿겠습니다."

구황천은 무림맹에서도 정예로 구성된 무인들과 함께 맹을 빠져나왔다.

맹주가 직접 나섰기 때문에 무림맹에 가입된 문파들에서는 수많은 무인들을 지원 보내왔다.

그중에서는 오대세가, 구파일방이 함께 했기에 그 규모는 마치 제 2의 정사대전을 보는 듯했다.

"전쟁이 나려는 건가."

주민들은 또 다른 정사대전의 시작이라 여기며 두려움에 떨었다.

문을 걸어 잠그고 창문을 닫았으며 상인들은 장사를 접었다.

그렇게 무림맹과 마교가 서로를 향해 거리를 좁혀오는 동안 무림맹 외곽에 위치한 비밀 지하감옥에선 쇠사슬이 부딪치는 소리가 요란하게 들려왔다.

철그덕—! 철그덕—!

'투령무일체의 극의를 깨닫기 위해서는 오로지 싸움밖에는 길이 없다.'

지강천이 했던 얘기였다.

그는 처음부터 끝까지 오로지 싸움만을 얘기했다.

애초에 투신의 무공은 싸움으로 태어나 싸움으로 만들어졌다.

그러니, 무공의 극의 또한 싸움에 있는 것이다.

오로지 피와 살점 그리고 목숨이 걸린 생사투.

이를 통해서만 투령무일체의 극의를 깨달을 수 있는 것이다.

"싸움이라."

태무선은 손과 발이 결박당해 움직일 수 없었다.

그렇기에 벽에 등을 기댄 채 눈을 감아야 했다.

눈을 감은 태무선의 머릿속으로는 그가 여태껏 벌여왔던 수많은 전투가 다시 떠올랐다.

은섬을 죽이려던 특무대와의 싸움.

연소하를 죽이려던 구홍표국과의 싸움.

남궁수호 그리고 황룡산과의 싸움.

해산문을 거치고 사악교의 무인들과 싸웠고 마지막엔 검신과 싸워 패배했다.

"많이도 싸웠네."

태무선은 짧은 기간 동안 자신이 꽤나 많이 싸웠음을 깨달았다.

그럼에도 깨달은 것이 아무것도 없다니, 만약 지강천이 살아 있었다면 불호령을 내리며 태무선을 반쯤 죽여놨을 것이다.

"왜 나는 성장하지 못한 거지."

지강천도 처음부터 강자는 아니었을 거다.

그 역시 투신이기 전에 무인이었고, 그보다 강한 자들을 수도 없이 만나며 성장했을 것이다.

그럼에도 지강천은 살아남아 투신이 되었고, 자신은 패배하여 지하감옥에 갇혔다.

한계.

태무선이 떠올린 것은 투령무일체의 한계였다.

투령무일체는 물러서거나 도망치는 법이 없다. 또한 방어하거나 피하는 법이 없다.

상대를 압도하는 무력을 갖고 있다면 투령무일체의 한계는 의미가 없겠지만, 검신처럼 자신보다 훨씬 더 강한 상대를 만났을 땐 투령무일체의 한계가 극명하게 드러난다.

'아니 변명하지 마.'

태무선은 고개를 가로저었다.

애초에 검신의 검은 피할 수도 막을 수도 없었다.

그렇다면 자신은 그저 죽어야 했던걸까.

'애초에 나는 패배를 생각하고 있었어.'

태무선은 이를 악물며 과거의 자신을 저지른 어리석음을 탓했다.

투령무일체를 전수받은 투신은 절대로 패배를 생각해선 안 된다. 그에게 있어 싸움은 그 자체로서 의미를 갖는다.

승패란 의미가 없는 것이다.

"오로지 싸우는 것."

태무선이 주먹을 움켜쥐었다. 구속구 때문에 제대로 움직일 순 없었지만, 태무선은 티끌만 하던 내력을 어느새 실처럼 가느다랗게 늘려 온몸에 순환시키는 중이었다.

"투신이라……."

피하지도 막지도 도망치지도 물러서지도 않는다.

이것이 투신이 걸어가야 할 길이다.

자신을 가로막는 벽이 있다면 이를 부순다. 자신을 가로막는 이가 있다면 그를 짓밟는다.

타오르는 불길 속으로 당당히 걸어가는 것, 그것이 투신이 나아갈 길이다.

그제야 태무선은 지강천과 구황목이 왜 자신을 멈추려 했는지 알 것 같았다.

멈추는 순간, 투신의 길은 끝이 난다.

쿵―! 쿠웅―!

태무선을 결박한 사슬들이 거칠게 요동쳤다.

"무림맹."

지금껏 그저 한가롭게 쉬는 것만을 위해 걸어온 태무선의 시선이 이제는 자신을 결박하고 묶어둔 검은 창살과 문으로 향했다.

오로지 나아가는 것. 그것이 투신의 길이었다.

* * *

"미쳤어!?"

오유하가 날카로운 목소리로 외치자 제갈원준이 기겁하며 그녀의 입을 틀어막았다.

"조용히 해. 이곳은 아무에게도 알려지지 않은 곳이니까."

"읍읍읍!"

"놔줄 테니까 조용히 해야 해!"

제갈원준이 조심스럽게 손을 떼자 오유하가 인상을 쓰며 손가락으로 작게 만들어진 덮개를 가리키며 말했다.

"그러니까 저기가 무림맹에 유일하게 존재하는 뒷문이라는 거잖아?"

"응, 맞아."

"도대체… 저길 어떻게 알아낸 거야?"

오유하가 황당하다는 듯 물어오자 제갈원준이 볼을 긁적이며 가볍게 미소 지었다.

"다 그런 게 있단다. 아무튼 따라오기나 해."

무림맹의 장로들도 모른다는 무림맹의 뒷길을 제갈원준은 도대체 어떻게 알아낸 걸까?

혼란스러운 눈빛으로 제갈원준을 지켜보던 오유하는 할 수 없이 제갈원준을 따라 덮개를 치워내고 그 안에 거대한 자물쇠로 잠긴 쇠문을 발견했다.

"여긴 열쇠가 없으면 지나갈 수 없어."

"열쇠는……."

"아마도 이 무림맹에 단 두 개밖에 없겠지."

이 말과 함께 제갈원준은 자연스럽게 자신의 품속에서 열쇠를 꺼냈다.

"내것까지 총 세 개야."

"뭐? 너, 넌 왜 갖고 있는 거야?"

"무림맹의 총단을 세울 때 뒷문을 만들면서 여분의 열쇠를 하나 더 만들었거든, 이게 그 중 하나야."

"그러니까 이걸 네가 왜 갖고 있는 거야?"

"내가 그… 음… 인맥이 좀 있어서."

철컥—

"열렸다!"

작게 환호성을 지르며 열린 문을 열고 그 안으로 오유하를 향해 들어간 후 멀리 담벼락을 향해 말했다.

"이봐 장형!"

제갈원준의 외침과 함께 어디선가 나타난 장용성이 쭈뼛거리며 제갈원준을 향해 다가갔다.

제갈원준은 다가온 장용성을 향해 자신의 열쇠를 던져주며 말했다.

"우리가 들어가면 덮개로 문을 닫고 덮개를 덮어!"

"내가 왜?"

"어허! 네 부탁을 들어주면 내 부탁도 들어준다고 했던 말 벌써 잊은 건 아니겠지?"

"쳇……."

제갈원준과의 대련을 위해서 그의 부탁이라면 어느 것이든 묻지도 따지지도 않고 들어주겠다고 했던 것이 화근이었다.

누가 봐도 해선 안 될 짓을 저지르는 제갈원준이었지만, 장용성은 할 수 없이 쇠문을 닫고 자물쇠를 채운 후 덮개를 덮었다.

그리고는 주변을 살피며 조용히 자리를 떠났다.

한편, 무림맹의 비밀 문으로 들어온 제갈원준은 어두운 지하길을 따라 오유하와 함께 걸어나갔다.

"여긴 왜 들어온 거야?"

오유하는 어느새 제갈원준의 옷자락을 붙잡고 좁고 낮은 지하통로를 따라 걸었다.

제갈원준은 등 뒤에서 들려오는 오유하의 물음에 대한 답을 위해 품속에서 돌돌 말린 양피지를 꺼내어 오유하에게 건넸다.

"이게 뭐야?"

양피지를 건네받은 오유하가 궁금하다는 듯 묻자 제갈원준이 담담하게 말했다.

"마교주가 죽은 이후 지금까지 천기단에게 지급된 식사 명단이야."

"식사?"

"혹시 몰라서 인맥을 동원해 천기단에게 지급되었던 식사들을 살펴봤어. 현재 무림맹에 거주중인 천기단의 수는 단주를 포함하여 서른한 명이야. 그런데… 식사는 서른두 명 분이 지급되었어."

"한 명분의 식사가 더 있었다는 거야?"

"맞아!"

"그런데… 왜?"

"처음엔 그저 배가 많이 고팠나보다 라고 생각할 수 있었는데 그건 아니야. 그저 식사량을 늘리면 되는 거니까. 그런데 식사분이 늘어난 것은 먹여야 하는 입이 하나 더 있었다는 뜻이야."

오유하는 미묘한 눈길로 자신의 앞에 있는 제갈원준을 바라봤다.

자신의 힘을 숨기고 있던 제갈세가의 천재이면서 무림맹의 장로들도 모른다는 지하통로를 알고 있고, 더 나아가 천기단의 식사 명단까지 알아내는 인맥이 있다니.

알다가도 모를 사람이었다.

"그래서 알아내려는 게 뭐야?"

"맹주와 천기단주가 숨기고 있는 것."

제갈원준은 무림맹주가 마교를 상대하기위해 무림맹을 떠났다는 소식을 듣는 순간 움직이기로 마음먹었다.

물론, 이 행동으로 인해 무림맹에서 퇴출을 당하거나 목숨이 위험해질 수도 있었다.

그러나 제갈원준은 그보다 자신의 호기심을 채우는 것이 먼저였다.

"잠깐."

한참 앞으로 걸어가던 제갈원준은 오유하를 멈춰 세운

후 닫혀 있는 문에 손을 가져다댔다.

제갈원준이 힘을 살짝 주어 밀자 문은 스르륵 소리를 내며 열렸다.

빛 한점 없던 지하통로로 밝은 빛이 새어 들어왔다.

"밖이야."

조심스럽게 바깥으로 빠져나오던 제갈원준은 급히 고개를 숙이며 숨을 참았다.

'천기단주!'

혁우운의 모습이 바깥에서 보인 것이다.

'설마 밖으로 나온건가? 하지만 왜?!'

지금은 천기단이 조간회의를 하는 시간이었다. 그렇기에 당연히 천기단주가 무림맹에 남아 있을 거라 생각한 제갈원준은 아랫입술을 잘근잘근 씹으며 살짝 열린 문틈 사이로 보이는 천기단주를 바라봤다.

'어떻게 하지?'

그는 거대한 바위를 보며 이상한 손짓을 하고 있었고, 제갈원준은 이를 눈여겨봤다.

곧이어 일을 마친 혁우운이 등을 돌려 제갈원준과 오유하가 숨어서 지켜보고 있는 지하통로의 입구를 향해 걸어오기 시작했다.

'젠장맞을!'

제갈원준이 오유하와 함께 뒤로 물러섰다.

지하통로에서는 몸을 숨길만한 곳이 전혀 없었다.

애초에 성인남자가 몸을 수그려야지만 지나갈 수 있을 만큼 좁고 낮은 통로에 몸을 숨길 곳이 있을 리 만무했다.

'일단 오유하라도 돌려보내야 해. 내가 시간을 끄는 수밖에.'

변명거리를 생각하며 오유하라도 돌려보낼 생각이었던 제갈원준은 오유하를 뒤로 밀며 숨을 가다듬었다.

그리고 그 순간, 혁우운이 제갈원준과 오유하가 있는 지하통로의 입구에 멈춰선 후 무심한 목소리로 말했다.

"나를 따라온 건가."

'흐읍!'

제갈원준이 몸을 움츠렸다.

'역시 천기단주인가!'

최대한 기척을 지운다고 지웠는데 역시 상대는 천기단주였다. 그는 무서우리만큼 무표정한 얼굴로 제갈원준과 오유하가 숨어 있는 자그마한 쇠문을 노려보며 말했다.

"두 명이라……."

'젠장!'

오유하라도 돌려보내려던 제갈원준은 혁우운이 이미 자신들이 두 명임을 눈치챈 것을 깨닫고는 자신의 허리춤에 손을 가져다댔다.

'오유하와 협공을 한다 해도 천기단주는 이길 수 없다. 차라리 죄를 용서해달라고 빌까?'

제갈원준이 이 상황을 타개하기 위해 궁리하는 동안 혁

우운은 자신의 허리춤에서 검을 반쯤 뽑아들었다.

이 소리를 들은 제갈원준은 자신도 모르게 검 손잡이에 손을 올리며 언제든 출검할 준비를 했다.

그때였다.

"천기단주께서 등산을 좋아하시리라고는 생각지 못했군 요."

'누구지?'

검에서 손을 뗀 제갈원준은 쇠문 너머로 들려오는 낯선 목소리에 귀를 기울였다.

"너는 그때 만났던 그놈이군."

"오랜만입니다 혁 대협."

"네놈은 누구냐."

"제가 무림맹으로 들어와 맹주님께 인사를 드렸는데 말이죠. 정식으로 제 소개를 하겠습니다."

웃음기가 담긴 사내의 목소리.

"저는 사악교의 다섯 상천 중 한명인 시월현입니다."

시월현의 등장에 제갈원준과 오유하가 숨을 참으며 몸을 납작 엎드렸다.

무림맹의 급습한 사악교의 무인들과 그들을 이끌던 자가 시월현이라는 것을 제갈원준과 오유하는 알고 있었기 때문이었다.

제갈원준과 오유하가 숨을 참으며 기척을 숨기고 있는 동안 혁우운은 자신의 앞에 나타난 시월현을 노려보며 검을 뽑아들었다.

"네가 무림맹을 공격한 사악교의 흉수더냐."

"흉수라니요. 제 손이 얼마나 고운데요."

시월현이 자신의 손을 들어보였다. 그의 손은 섬섬옥수라는 말이 떠오를 정도로 곱고 하얗게 빛이 났다.

그러나 사내의 옥수(玉手)에는 전혀 관심이 없었던 혁우운은 시월현의 뒤에서 천천히 모습을 드러내는 은발머리의 소녀를 바라봤다.

"기운이… 저번에 만났던 살수와 비슷하구나. 특무대가 놓쳤다더니 다시 내게 돌아온 것이냐."

"하하! 그렇습니다. 저희 주인께서는 실패를 용납하지 않는 분이라… 혁 대협의 머리를 가지러 돌아왔습니다."

시월현이 은요를 소개하며 뒤로 물러서자 혁우운은 무표정한 얼굴로 검을 들어올렸다.

"지금이라고 내 목을 가져갈 수 있을 것 같으냐."

"사실 그것보다는 혁 대협께서 데려간 마교주의 생사를 여쭙기 위해 왔습니다. 저는 분명 그를 죽이라고 일렀는데… 혹시 죽이셨습니까."

"목을 베어 죽였다. 그의 시체는 불태웠고."

"아하하! 마교주를 죽이셨다니 다행이군요."

둘의 대화를 듣고 있던 은요의 손가락이 꿈틀거렸다. 그리고 찰나의 살의를 놓치지 않은 혁우운이 검으로 자신의 목을 방어하며 고개를 살짝 숙였다.

"이번만큼은 널 죽여야겠구나."

"나 또한."

은요의 매서운 눈빛이 혁우운을 향했고, 그녀의 신형이 허공에서 모습을 감췄다.

"여기가 바로 무림맹의 지하통로인가."

시월현이 지하통로를 향해 발걸음을 내딛자 혁우운은 검에 내기를 담아 지하통로를 향해 쏘아보냈다.

맹렬한 기세를 머금은 검기가 지하통로의 허리를 갈랐고, 그 안에서 숨죽여 숨어 있던 제갈원준과 오유하는 갑자기 무너져내리는 지하통로를 보며 아연실색했다.

"내가 죽으면 다 너 때문이야!"

오유하가 성난 듯 소리치자 제갈원준이 양손으로 머리를 감싸며 웃었다.

"선택해!"

"뭘!?"

"여기서 나간 다음 천기단주와 함께 힘을 합쳐 저놈과 싸울지 아니면 여기에 깔려 죽을지!"

"당연히 전자지!"

"그럼 나간다!"

제갈원준이 닫혀 있는 쇠문을 향해 손을 뻗었다.

쿵—

"응?"

"뭐야 왜 그래?"

오유하가 불길한 목소리로 묻자 제갈원준이 실소를 내뱉으며 잠긴 쇠문을 흔들어보였다.

"이거 잠겨있네."

"이 머저리야!"

"아하하… 젠장할."

제갈원준과 오유하가 숨어 있는 지하통로는 맹렬한 기세로 무너져내렸다.

"이런……."

아쉽다는 듯 무너지는 지하통로를 지켜보던 시월현은 어깨를 으쓱이며 품속에서 검붉은색의 섭선을 꺼내어 부채질을 했다.

"아쉽네. 이렇게 나서는 건 내 체질에 안 맞는데."

천기단주를 암살할 수 있는 기회는 흔치 않았기에 시월현은 발을 튕기며 은요와 함께 싸움을 벌이고 있는 혁우운을 향해 달려갔다.

곧이어, 닫혀 있는 쇠문이 쾅 소리를 내며 열렸고, 그와 동시에 뿌연 먼지구름과 함께 제갈원준과 오유하가 튀어나왔다.

"콜록! 콜록!"

기침을 토해내며 숨을 몰아쉬던 제갈원준과 오유하는 살았음에 감격하며 고개를 들었다.

그들과 불과 몇 장 떨어지지 않은 곳에서는 칼날이 어지럽게 부딪치는 소리가 들려왔다.

"아무래도 천기단주와 사악교의 다섯 상천이라고 하던 놈이 싸우는 모양인데."

"돕지 않아도 돼?"

"혁우운은 무림오강 중 한명이야. 그분이 고전할 정도면 우리는 없느니만 못해."

옷을 털고 일어선 제갈원준은 혁우운과 사악교의 싸움보다는 거대한 바위에 더욱 흥미가 동했다.

'분명히 저 돌 앞에 서 있었지.'

잰걸음으로 거대한 바위를 향해 다가간 제갈원준은 한번 본 것은 잊어버리지 않는 자신의 영민한 두뇌를 이용해 혁우운이 했던 손짓을 따라 바위를 쓰다듬었다.

"오호."

제갈원준은 바위의 미세한 틈새로부터 구멍이 나 있음을 발견했다.

"이건……."

"아주 심혈을 기울여 제작된 기관진식이야. 바위를 깎아 만들었다니 대단한걸!"

혁우운이 했던 대로 바위에 생겨난 틈새를 손가락으로 꾹 누르던 제갈원준은 바위로부터 미세한 진동이 울리고 있음을 눈치챘다.

이윽고 확신에 찬 제갈원준의 손이 더욱 빠르게 움직였

고, 춤을 추듯 바위를 건드리던 제갈원준의 손길이 멈추는 순간.

"아. 열렸다."

입구를 막고 있던 거대한 바위가 스스로 움직이며 입구를 만들어냈다.

* * *

까앙—!

혁우운은 뒤로 물러서며 은요의 단검을 쳐냈다.

'여전히 빠르고 매섭군.'

손속에 망설임이 없었다. 게다가 공격에는 거침이 없었으니, 마치 자신의 목숨따위는 안중에도 없는 듯했다.

그리고 혁우운을 더욱 거슬리게 하는 것은 은요의 공격이 끊어질 때마다 들어오는 시월현의 섭선이었다.

"역시 천기단주로군요!"

시월현의 섭선에서는 예리한 칼날이 쏘아져나왔다.

게다가 섭선을 비틀며 움직일 때마다 그의 섭선에서는 독침이 발사되었는데 코끝을 스쳐가는 독침으로부터 향을 맡은 혁우운은 독침의 독이 심상치 않음을 깨달았다.

'둘 다 살수에 가까운 부류로군.'

태무선이 잠들어 있는 지하감옥으로부터 최대한 멀리 떨어지는 데에 성공한 혁우운은 본격적으로 은요와 시월현을 상대하기 위하여 제자리에 멈춰 섰다.

기세가 달라지자 은요와 시월현은 자리에 멈춰 서서 혁우운을 응시하며 단검과 섭선을 고쳐쥐었다.

"언젠가 무림맹을 급습한 네놈들을 만나 죗값을 치르려 했지."

혁우운의 검에서 푸른 검강이 피어올랐다.

선명한 검신의 모양새로 피어오르는 그의 검강을 보며 시월현이 마른침을 삼켰다.

"너무 무리하시는 거 아닙니까?"

"둘이서 나를 잡을 수 있을 거라 생각하다니. 네놈들의 오만함을 탓하라."

"죄송하지만… 제가 그 정도로 정직하진 못해서!"

시월현이 섭선을 들어올리자 혁우운의 주변 그림자에서 무려 일곱 명의 흑의인이 모습을 드러냈다.

그들은 일제히 검을 뽑아들며 혁우운의 사점을 노리며 찔렀다.

"내가 둘이라 말한 것은……."

혁우운이 검을 휘둘러 벴다.

그의 검기는 반원을 그려내며 날아갔고, 순식간에 자신을 노리던 일 곱명의 흑의인을 모조리 베어버렸다.

태어났을 땐 하나였으나.

죽을 땐 둘이었다.

두동 강이 난 흑의인들의 시체가 허무하게도 바닥에 널

브러지자 혁우운이 검을 내리깔며 말했다.

"그 외에는 내게 아무런 의미도 없기 때문이다."

순식간에 일곱 명의 귀영을 죽여버린 혁우운을 보며 시월현은 싸늘한 미소를 띠었다.

"과연 천기단주."

시월현은 섭선의 손잡이를 비틀었다.

섭선의 부챗살 사이로 다섯 개의 칼날이 튀어나왔고, 칼날은 자줏빛으로 빛이 났다.

"만독오귀검(萬毒五鬼劍). 귀찰사의 독으로 제련한 독검(毒劍)입니다. 스치기만 해도 피부가 괴사하고 근육이 파열되는 아주 무서운 극독이지요."

"내게 그 따위 독이 통할 것 같으냐."

"하하! 당신 같은 고수들의 약점이 무엇인지 아십니까?"

시월현의 눈빛이 차갑게 가라앉았다.

"자신은 인간이 아니라… 그 이상의 존재라고 생각하고 있다는 겁니다."

* * *

"여긴 감옥인 것 같은데."

"마치 무림맹에서 가둬둬선 안 되는 자들을 가두는 특수 감옥인 것 같군."

지하감옥을 내려가며 제갈원준은 코를 벌렁거렸다. 여

240

기저기서 화약 냄새가 풍겨왔다.

"벽력탄."

제갈원준의 중얼거림에 오유하가 깜짝 놀란 듯 물었다.

"벽력탄?"

"그래 벽력탄이 곳곳에 박혀 있어. 마치, 여차하면 이 지하감옥을 통째로 날려버릴 생각인 것 같은데. 도대체 누가 이곳에 있길래 이리도 지독하게 조치를 취해놨을까."

자칫하면 벽력탄에 의해 산산조각이 나거나 무너지는 바위와 흙속에 깔려 생매장이 될 위험에 놓여 있음에도 제갈원준은 신이 난 듯 콧노래를 부르며 앞으로 나아갔다.

오유하는 그런 제갈원준을 보며 생각했다.

'이거 완전 미친놈이잖아!'

인피도 정상은 아니라 생각했는데 직접 겪어보니 제갈원준은 미친 게 분명했다.

그것도 아주 단단히!

자신에 대한 오유하의 평가가 어떻든 간에 자신의 호기심을 충족시키기 위하여 부지런히 발걸음을 옮기던 제갈원준은 지하감옥의 가장 낮고 깊숙한 곳에 위치한 감옥을 발견했다.

자물쇠가 무려 다섯 개나 달려 있는 지하감옥.

"흑철로 만들었군."

제갈원준이 손을 내밀어 감옥의 입구를 막고 있는 검은

색 문을 쓸어내렸다.

만련한철과 더불어 최강의 강도를 자랑하여 주로 무인을 결박하는 구속구나 건물을 지을 때 사용하는 흑철을 이용해 만들어진 문이었다.

이를 막고 있는 자물쇠는 만년한철로 만들어져 있었으니 안에 갇혀 있는 게 누구든지 간에 스스로의 힘으로는 절대 이곳을 빠져나가지 못할 것이다.

"혹시 투신이라도 갇혀 있는 게 아닐까?"

"전대 마교주인… 투신 지강천?"

"그래! 그자가 아니라면 이정도로 지독하게 가둬둘 필요가 없을 테니까. 게다가 무림맹은 죽었다는 지강천의 시신을 찾지 못했거든."

오유하는 다시 한 번 믿기지 않는다는 눈초리로 제갈원준을 바라봤다.

도대체 어떻게 이런 사실들을 알고 있는 걸까.

세간에는 절대 알려지지 않은 무림의 비화들을 아무렇지 않게 내뱉던 제갈원준은 쇠사슬을 달그락 거리며 아쉬운 듯 입맛을 다셨다.

"쩝. 열어보고 싶은데."

"그냥 놔둬. 네 말대로 지강천이라도 있으면 어떻게 해?"

"설마 우릴 죽이기라도 하겠어? 자신을 구해준 은인인데."

"지강천이 그 정도의 인품을 갖고 있었다면 사상최악의 마교주라고 불리지 않았겠지!"

"흠. 오랜만에 맞는 말을 하는구나."

잠시 동안 제갈원준의 칭찬에 기분이 좋았던 오유하는 그의 말을 곱씹으며 불쾌함을 드러냈다.

"뭐라고!"

"이것 봐!"

제갈원준은 오유하가 화를 내기 전에 다급히 벽면에 숨어 있는 벽력탄을 가리켰다.

"이거 어림잡아 열 개는 되는 것 같은데."

"열 개나?"

벽력탄은 애초에 무림에 존재해서도 안 될 물건이지만, 아주 비밀리에 암거래가 되기도 했다.

벽력탄 하나의 값어치는 금자 열 개와도 맞먹었다.

그러니 이 지하감옥에만 금관의 값어치를 지닌 벽력탄이 잠들어 있는 것이다.

"한번 열어볼까."

제갈원준이 장난스럽게 잠겨있는 문을 건들며 말하자 오유하가 깜짝 놀라 말했다.

"네 말대로 정말로 지강천이라도 들어 있으면 어쩌려구!"

"태무선."

제갈원준이 말한 이름은 오유하의 몸을 굳게 만들기에

충분했다.

오유하는 복잡한 감정이 소용돌이치는 얼굴로 제갈원준과 닫혀 있는 감옥의 문을 번갈아보며 말했다.

"태무선이… 이곳에 있다고?"

"어디까지나 추측일 뿐이야. 다만, 태무선이 이곳에 있을 가능성이 클 뿐."

제갈원준이 여전히 장난기가 담긴 목소리로 말을 하며 감옥의 주변에 박혀 있는 벽력탄을 살펴보았다.

한동안 말없이 닫혀 있는 감옥을 바라보던 오유하는 닫힌 문으로 다가가며 조심스레 말했다.

"열 수 있겠어? 자칫했다간 벽력탄이 터진다며? 게다가 문은 흑철과 만년한철로 만들었고."

"벽력탄의 폭발력을 조절할 수 있다면 충분히 열 수 있어. 내 계산이 틀리지 않았다면."

"정말로?"

"아마도?"

오유하는 굳게 닫혀 있는 문에게서 다섯 걸음 물러나며 제갈원준을 향해 손짓했다.

"정말로 할 수 있겠어?"

여전히 믿지 못하는 오유하를 향해 제갈원준은 검지를 들어올리며 자신을 가리켰다.

"나 제갈원준이야."

　　　　　* 　* 　*

　깡—!

　번개처럼 날아든 은요의 칼날이 혁우운의 왼팔을 베어왔

지만, 혁우운은 가볍게 은요의 단검을 쳐내며 자신의 사각

을 노리고 찔러들어온 시월현의 섭선을 피해냈다.

　'역시 빠르네!'

　은요가 일부러 사각을 만들기 위해 왼팔을 노리며 베어

들어갔지만 혁우운은 이미 알고 있다는 듯 은요의 단검과

시월현의 섭선을 동시에 쳐내고 피했다.

　둘의 공격이 무위로 돌아가자 이번엔 혁우운의 차례였

다.

　'천류폭쇄(天流瀑碎).'

　혁우운의 검이 시월현을 내려벴고, 그와 동시에 푸른색

의 검기다발이 쏟아져내렸다.

　"흐읍!"

　마치 폭포처럼 쏟아져내리는 검기다발을 피해 시월현이

몸을 날렸다.

　방금까지만 해도 시월현이 서 있던 자리는 혁우운이 만

들어낸 검기의 폭포로 인해 산산조각이 나며 터져나갔고,

이를 바라보던 시월현이 휘파람을 불며 식은땀을 흘렸다.

　"휘유! 위험했네!"

시월현은 몸을 비틀며 바닥에 내려앉으며 곧장 혁우운의 허리춤으로 섭선을 베어들어갔다.

혁우운은 빠르게 다가오는 다섯 개의 칼날을 검집을 들어 막아낸 후 쉬지 않고 자신의 목덜미를 향해 베어들어오는 은요의 검격을 막아냈다.

카각—! 캉!

시간차로 들어오는 두 개의 공격을 막아낸 혁우운은 진각을 밟으며 시월현을 향해 검강을 휘둘렀다.

"흡!"

만독오귀검으로 혁우운의 검강을 떨쳐낸 시월현은 인상을 쓰며 자신의 만독오귀검을 바라봤다.

실금이 간 두 개의 칼날이 갈라지며 깨져나갔다.

'버티지 못 했나.'

제 아무리 값비싸고 귀한 철을 이용해 만들었어도 고수의 검강은 버텨내질 못했다.

시월현은 깨진 칼날을 발등으로 차서 날렸고, 혁우운은 이마저도 예상했다는 듯 시월현이 날린 칼날을 검집으로 쳐냈다.

"지금."

시월현이 외침과 동시에 은요가 나무를 두 발로 박차며 몸을 날렸다.

등 뒤에서 느껴지는 아찔한 살기에 반응한 혁우운은 자신의 몸을 비틀어 검을 휘둘렀다.

그 순간, 직선으로 날아오던 은요의 신형이 연기처럼 사라졌다.

'환영?'

자신의 검이 은요의 몸을 베었음에도 아무런 느낌이 들지 않자 혁우운은 급히 시야를 낮췄다.

그러나 그곳에서도 은요를 발견하지 못한 혁우운은 불길함에 고개를 들어올렸다. 그곳에서 단검을 품에 끌어당긴 채 기운을 끌어모으고 있는 은요를 발견했다.

'잡았다!'

시월현의 입가에 미소가 번지는 순간, 은요가 번개처럼 떨어졌다.

낙뢰격.

자신이 가진 공격 중 가장 빠른 공격이라 할 수 있는 낙뢰격으로 혁우운을 덮친 은요는 자신의 단검을 혁우운의 쇄골로 찔러넣었다.

까앙—!

"하핫! 괴물이잖아!"

시월현은 어이가 없다는 듯 웃으며 혁우운을 바라봤다.

분명 은요의 공격은 군더더기 없이 완벽했다. 다만, 상대가 나빴다.

상대는 무림맹 천기단의 단주 혁우운.

괜히 무림오강이라 불리는 존재가 아니었다. 그는 자신의 검면으로 은요의 단검을 막아낸 것이다.

"시도는 좋았……."

혁우운의 얼굴이 굳어졌다. 자신의 어깨에서 느껴지는 아찔한 고통 때문이었다.

"어느새……."

공중제비를 돌며 물러선 은요는 싸늘한 눈동자로 혁우운의 어깨에 박혀 있는 만독오귀검의 칼날을 응시했다.

"애초에 목적은 이것이었나."

은요는 대답대신 단검을 고쳐쥐었고, 혁우운은 자신의 어깨에 박혀 있는 만독오귀검의 칼날을 뽑아냈다.

붉은 피가 칼날의 끝을 따라 튀어올랐다.

"아쉽게 되었습니다. 천기단주. 귀찰사의 독은 일각내로 사람의 목숨을 빼앗습니다. 물론 혁 대협께서 정신만 집중할 수 있다면 목숨은 부지할 수 있을 테죠. 정신만 집중할 수… 있다면 말입니다!"

시월현과 은요가 동시에 양쪽에서 혁우운을 향해 달려들었다.

"일각이라."

자신에게 주어진 시간이 일각밖에 남지 않았음을 깨달은 혁우운은 고개를 끄덕이며 검을 쥔 손에 힘을 주었다.

곧이어 혁우운의 검신에서 더욱 짙은 푸른색의 검강이 피어올랐다.

그냥 바라만 봐도 온몸이 저릿하게 느껴지는 엄청난 힘이 느껴지는 검강!

시월현은 일부러 속도를 늦춰 은요가 먼저 혁우운에게 닿기를 기다렸다.

'저런 괴물을 먼저 상대할 필요는 없겠지.'

발걸음을 늦추며 달려가던 시월현은 일순간 혁우운의 움직임을 놓쳤다.

'어디로 갔지?'

시월현이 혁우운의 움직임을 놓치곤 그가 어디로 갔는지 알 수 없어 발걸음을 멈췄다. 그리고 바로 그때 은요가 혁우운의 검을 겨우 막아냈지만, 빠르게 튕겨지며 숲속으로 사라졌다.

"은……."

은요의 이름을 부르려던 시월현은 급히 만독오귀검을 들어올렸다.

이는 본능에 의거한 행동이었다.

콰아앙—!!

엄청난 힘에 짓눌린 시월현은 이를 악물며 버텼다. 그의 두 발목이 차가운 대지에 반쯤 박혀들어갔다.

겨우 고개를 들어올린 시월현은 자신을 향해 검을 내려찍고 있는 혁우운을 발견했다.

"일각이라 하였느냐."

"후우……."

"너희 둘을 처리하기엔 충분한 시간이다."

혁우운이 검을 들어올렸다.

"천령도검의 다섯 번째 검."

천단세(天斷洗).

푸른 기운을 머금은 혁우운의 검이 일직선을 그리며 시월현을 향해 똑바로 내려벴다.

이를 지켜보던 시월현은 자신을 향해 죽음이 내려오고 있음을 직감했다.

'이것이… 죽음.'

죽음을 직감한 시월현이 짧은 웃음과 함께 눈을 감았다.

쿠구구구궁―!!

천지가 떠나가듯이 진동했다.

천단세로 시월현을 베려고 했던 혁우운의 시선이 저절로 지하감옥으로 향했다.

'이건!'

방금 그를 뒤흔든 진동은 지하감옥에 잠들어 있는 벽력탄이 터졌을 때에나 생길법한 진동이었다.

'설마……!'

태무선이 갇혀 있는 지하감옥에 누군가 들어간 걸까.

혁우운이 시월현을 죽이는 것도 잊은 채 지하감옥에 시선이 팔린 사이, 시월현은 다시는 없을 기회를 위해 만독오귀검을 찔러넣었다.

푹―!

"크윽!"

시월현이 쓰게 미소 지으며 자신의 허벅지에 박힌 혁우운의 검을 붙잡았다.

"아쉽게 되었습니다. 아직은 제가 죽을때가 아닌 모양입니다."

시월현의 말이 끝나기가 무섭게 벼락처럼 들이닥친 은요의 검이 혁우운의 등을 베었다.

만약, 혁우운이 귀신같은 반응속도로 은요의 검을 피해 몸을 수그리지 않았다면, 그녀의 검은 혁우운의 등뼈를 완전히 도려냈을 것이다.

"후읍!"

비틀거리며 물러선 혁우운은 등에서 느껴지는 아찔한 고통과 멀리서 들려온 벽력탄의 폭음성이 동시에 겹쳐지자 머릿속이 어지러웠다.

'도대체 누가……!'

만약 기관진식을 잘못 건드려 벽력탄이 터진 거라면 아무 상관이 없었다.

애초에 마교주인 태무선은 죽여야 할 자였기 때문이었다.

하지만 그게 아니라면?

'벽력탄이 모두 터졌다고 하기엔 규모가 너무 작다. 그 말은… 의도적으로 벽력탄의 폭발력을 낮췄다는 뜻이다.'

분명 대지를 진동시킨 것은 벽력탄의 폭발이었다. 하지만 지하감옥에 심어둔 벽력탄이 모두 터졌다고 하기엔 그 폭발력이 부족했다.

터졌다고 하더라도 두세 개 정도의 벽력탄이 터진 듯한 폭발력.

생각이 많아지자 혁우운의 검끝이 흔들렸다. 이를 놓칠 리 없는 은요는 집요하게 혁우운에게 따라 붙으며 단검을 휘둘렀다.

'최대한 빨리 처리하고 돌아가야 한다!'

지체할 시간이 없음을 깨달은 혁우운은 숨을 가다듬으며 자신이 가진 최고의 절기를 준비했다.

황룡산에게도 한번 보여준 적이 있는 혁우운 최고의 절기.

검을 쥔 혁우운이 자세를 낮추며 기운을 끌어모았다.

"큭… 쿨럭!"

한껏 기운을 끌어모으던 혁우운의 입에서 붉은 선혈이 튀어나왔다.

"제가 말씀드리지 않았습니까."

허벅지를 찔린 시월현이 나무에 몸을 기대며 힘겹게 몸을 일으켰다.

"당신 같은 고수들의 약점. 자신을 너무 과신한다는 겁니다."

시월현은 자신의 섭선을 집어들며 냉정하게 말했다.

"혁 대협께서 말씀하신 일각의 시간은 이미 흘러갔습니다. 곧 귀찰사의 독이 혁대협의 온몸을 잠식하겠죠. 피부는 괴사하고 근육은 파열될 겁니다. 피는 딱딱하게 굳어질 테고, 더 이상 진기를 끌어올릴 수 없을 테죠!"

사실 아직 일각은 지나지 않았다. 그러나 시월현은 일부러 일각이 지났다며 미소를 지었다.

혁우운을 동요시키기 위함이었다.

"그래."

더 이상 지체할 수 없었기에 혁우운은 검을 들어올렸다.

곧이어 그의 검강이 하늘로 솟구치며 엄청난 기세를 사방에 흩뿌리기 시작했다.

'기세가 더욱 올라갔다.'

천기단주 혁우운은 시월현을 노려보며 피 묻은 입으로 말했다.

"네놈은 살아가지 못할 것이다."

혁우운의 검이 시월현을 향해 다가왔다. 그의 일검은 하늘을 떠다니는 구름을 벤다고 했던가.

자신을 향해 다가오는 혁우운의 검을 보며 시월현이 눈을 크게 떴다.

콰앙—!

거력의 강기가 만들어낸 푸른색의 검신이 시월현을 덮쳤다.

*　*　*

"콜록! 콜록!"

모락모락 피어난 먼지구름을 소맷자락으로 떨치며 눈을
부릅뜬 제갈원준은 자신이 터트린 세 개의 벽력탄 때문에
흑철로 만들어진 검은색의 문이 무너졌음을 확인하며 만
족스러운 미소를 지었다.

"어때?"

"뭐? 죽을 뻔했잖아."

"안 죽었잖아."

오유하의 원망 섞인 외침에도 너스레를 떨며 안으로 진
입한 제갈원준은 감옥 깊숙한 곳을 향해 천천히 다가갔다.

흑철로 만든 쇠창살 안에 사람을 발견한 오유하는 제갈
원준의 소매를 흔들며 말했다.

"저기……!"

"나도 보고 있어."

제갈원준과 오유하는 조심스럽게 창살의 안쪽으로 다가
갔다.

그 안에서 두 손과 양 발이 묶여 있는 한 사내를 발견했
다.

어깨를 넘는 기다란 흑발의 머리카락.

검은색의 무복.

얼굴은 확인할 수 없었으나 오유하와 제갈원준은 그가
태무선임을 직감할 수 있었다.

"태무선!"

오유하의 외침에 고개를 숙이고 있던 태무선이 고개를 들어 쇠창살 바깥에 서 있는 오유하와 제갈원준을 발견하곤 의아한 표정을 지었다.

"너희는 왜 여기 있냐?"

태무선이 태연한 목소리로 물어오자 제갈원준이 웃으며 반문했다.

"너야 말로 여기 왜 있는 거야?"

"말하자면 길어."

"우리도 말하자면 길어. 일단 여기서 꺼내줄게."

제갈원준은 망설임 없이 쇠창살을 묶고 있는 쇠사슬과 이를 결박하고 있는 자물쇠를 향해 다가갔다.

이 역시 흑철과 만년한철을 섞어 만들어놨기에 일반적인 방법으로는 절대 열 수 없었다.

"이야 무림맹이 돈이 썩어 넘쳐나긴 넘쳐나는군. 흑철과 만년한철이 이렇게나 많다니!"

감탄인지 화를 내는 건지 알 수 없는 목소리로 투덜거리던 제갈원준은 자물쇠로부터 물러서며 검을 뽑아들었다.

"벨 수 있겠어?"

"글쎄 한번 해봐야지."

검에 내력을 담은 제갈원준이 만년한철로 만든 자물쇠를 검기를 담은 검을 내려쳤다.

까아앙—!

"크흐으!"

손바닥이 얼얼했다.

오로지 만년한철만을 이용해 만든 자물쇠인 듯 제갈원준의 검은 자물쇠를 잘라내지 못하였다.

할 수 없이 자물쇠를 몇 번 두드리며 생각에 잠겨있던 제갈원준은 구속구로 인해 양손과 양발이 묶여 있는 태무선을 향해 말을 건넸다.

"거기는 어때, 지낼 만해?"

"그럭저럭."

"그럼 안 꺼내 줘도 괜찮겠어? 여기까지는 여차저차해서 왔는데 이건 도저히 방법이 없네."

말을 하면서도 민망했는지 제갈원준이 배시시 웃으며 자물쇠를 잡고 흔들었다.

그러자 태무선이 고개를 끄덕이며 쇠사슬을 덜그럭거리며 자리에서 일어섰다.

물론, 구속구가 태무선을 못움직이게 막아섰지만, 태무선은 힘을 주며 자신의 팔을 감싸고 있는 구속구를 끌어당겼다.

콰드드득—!

벽에 박혀 있던 구속구가 뽑혀나왔고, 태무선은 손목에 채워진 구속구를 발로 밟아 뜯어냈다.

콰직—! 콰직!

손목의 혈도가 풀리자 상반신의 혈도가 자유롭게 풀렸다.

태무선은 뒤이어 양발에 묶인 구속구를 뜯어냈다.

구속구는 흑철로 만들었으나 이는 태무선에게 아무런 의미가 없었다.

"후, 이제야 좀 낫네."

흑철로 만든 구속구를 아무렇지 않게 뜯어내는 태무선을 멍하니 바라보던 제갈원준은 어이가 없다는 얼굴로 말했다.

"이럴 거면 너 혼자 나올 수 있는 거 아니었어?"

"여기까지는 나갈 수 있었어. 그 이상이 안 될 뿐이지."

기혈이 뒤틀리고 혈도가 찢겨졌으며 단전이 망가졌다.

혁우운과 구황천 그리고 구황목마저 태무선이 다시는 무공을 펼칠 수 없을 거라 믿었다.

하지만 여기에는 몇 가지 변수가 존재했다.

첫 번째 변수는 혁우운이 태무선을 살리기 위해 먹인 대환단의 반쪽이었다.

죽은 사람도 살린다는 대환단의 효력은 태무선의 내부에서도 유감없이 제 위력을 발휘했다.

비록 반쪽짜리였지만 대환단의 능력이 반쪽인 것은 아니었다.

두 번째 변수는 태무선이 배운 투령무일체였다.

물러서거나 도망치는 법이 없고 피하거나 막아내는 법이 없는, 오로지 공격만을 위해 만들어진 투령무일체는 무공을 배운이의 신체를 매우 단단하고 견고하게 길러냈다.

애초에 지강천은 어렸을 때 부터 태무선을 강하게 길러 내기 위해 육체의 단련하는 외공에도 심혈을 기울였다.

덕분에 태무선은 남들보다 더 질기고 강한 혈도와 단전을 갖게 되었고, 이에 대환단의 어마어마한 효력이 함께했다.

'차라리 내력이 티끌만큼 적게 남아 다행이었지.'

만약 내력을 무리하게 운용했다면 그의 몸은 버티질 못하고 터져나갔을 것이다.

그러나 티끌만큼 남은 내력을 실타래처럼 가늘고 길게 엮은 태무선은 실같이 뻗어나간 내력을 이용해 몸을 보전했다.

덕분에 혁우운과 구황천은 그가 회복하고 있음을 눈치채지 못한 듯했다.

철컥— 콰득!

자물쇠를 한손으로 으깨버린 태무선은 쇠창살을 열고 바깥으로 나왔다.

"그나저나 너희가 왜 여기 있는 거야?"

구황천이나 혁우운이 돌아왔을 때 그를 기습하고 이곳을 빠져나갈 생각이었던 태무선은 난데없는 제갈원준과 오유하의 등장에 놀란 모습이었다.

"말하자면 길다니까. 그보다 마교가 난리야. 네 복수를 하려는 건지 눈에 보이는 정파문파들을 모조리 불태우며 맹을 향해 전진하고 있어."

"마교가?"

오유하가 고개를 끄덕이며 말했다.

"그래, 이를 막기 위해서 무림맹주가 직접 나섰어. 냉정하게 말하자면……."

오유하가 잠시 뜸을 들인 후 말했다.

"마교는 무림맹을 이기지 못할 거야. 아마 대다수의 마교도가 목숨을 잃겠지."

제갈원준과 오유하로부터 현 무림의 상황을 전해들은 태무선은 지체할 시간이 없음을 깨달았다.

"여기서 나가려면 어떻게 해야 해?"

"나를 따라와."

제갈원준이 앞장서서 걷자 오유하와 태무선이 그의 뒤를 따라 움직였다.

그런데 그때 지하감옥이 통째로 진동하며 불길한 소리를 내뿜었다.

우르르릉―!

마치 지하감옥 내부에서 천둥이라도 치고 있는 듯한 불길한 소리가 사방에서 들려오자 제갈원준이 허리에 손을 올리며 말했다.

"이런!"

태무선과 오유하의 시선이 제갈원준에게 향했다.

그는 고개를 돌려 자신을 바라보는 둘의 얼굴을 바라보며 웃었다.

"내 계산이 틀린 모양이야."

"그래서……?"

"지금부터."

제갈원준이 자신의 허리춤을 고쳐묶으며 빙긋 미소 지었다.

"뛰어!"

우르르르릉— 쾅—!

지하감옥이 통째로 붕괴하기 시작했고, 제갈원준과 오유하 그리고 태무선은 말 그대로 젖먹던 힘을 다해 달렸다.

계단을 따라 입구를 향해 내달리는 세 명의 뒤로 벽력탄이 차례대로 폭발했다.

쾅— 쾅— 콰앙—!

그동안 터지지 않고 버티던 수개의 벽력탄이 동시에 터지자 말 그대로 천지가 개벽하는 듯 했다.

귀청을 때리는 폭음성에 놀란 오유하가 비틀거리자 제갈원준이 그녀의 손목을 잡고 외쳤다.

"빨리 달려 죽기 싫으면!"

이대로 가다간 생매장이 될게 뻔했으니 제갈원준과 오유하는 발에 불이나도록 달렸고, 태무선은 그 둘을 뛰어넘어 닫혀 있는 거대한 바위를 향해 몸을 날렸다.

"흐읍!"

내력을 한 점으로 모아 주먹에 담아넣은 태무선은 거대

한 바위를 향해 권격을 날렸다.

오랜만에 선보이는 태무선표 발경이었다.

콰앙—!!

조각난 바위덩어리가 사방으로 터져나가고 간발의 차이로 지하감옥을 빠져나온 세 명은 바닥을 뒹굴었다.

곧이어 지하감옥이있던 자리가 무너져내렸다.

"아직 안 끝났어!"

제갈원준이 쓰러진 오유하를 일으켜세웠다.

,무선은 뒤로 물러서며 가라앉으며 서서히 자취를 감추는 지하감옥을 바라봤다.

"혹시 마교의 무인들이 어디에 있는지 알아?"

태무선의 물음에 제갈원준이 품속에서 지도를 꺼냈다.

"여기 위치를 표시해놨어."

제갈원준이 내민 지도를 품속에 갈무리하여 넣어둔 태무선이 제갈원준을 향해 손을 뻗었다.

"고맙다."

"그냥 빚을 갚은 거라고 생각해. 나는 빚지고는 못하는 성격이라서 말이야."

태무선을 위해 꽤나 위험한 일을 해냈음에도 제갈원준은 아무것도 아니라는 듯 그의 손을 맞잡았다.

잠시 동안 제갈원준과 오유하에게 감사를 전한 태무선은 지도에 표시된 곳을 향해 달려갔다.

그가 사라질 때까지 지켜보던 제갈원준은 허리를 두드리

며 뒷목을 주물렀다.

"고된 하루였어."

"왜… 도와준 거야?"

"뭐가?"

"너는 애초에 이곳에 태무선이 있을지도 모른다고 생각한 거잖아. 그래서 위험을 무릅 쓰고 이곳까지 온 거고."

그게 뭐 어쨌냐는 표정을 짓고 있는 제갈원준을 향해 오유하가 말을 이어갔다.

"너는 어쨌든 제갈세가의 무인이잖아. 그런데 마교의 교주인 태무선을 도와주면…….."

"하하!"

제갈원준은 오유하의 머리를 아무렇게나 헝클어뜨리며 답했다.

"내 맘이야. 그리고 언젠가는 저 녀석과 제대로 겨뤄보고 싶었거든. 그런데 이런곳에서 죽어버리면 안되잖아? 빚도 갚았어야 했고. 아무튼 우리는 돌아가자. 아직 끝난 게 아니야."

"뭐가 더 남은 거야?"

"아마도."

제갈원준과 오유하가 무림맹으로 돌아간 사이에 무너진 지하감옥으로 돌아온 혁우운은 땅으로 완전히 꺼져버린 지하감옥을 바보며 가쁜 숨을 몰아쉬었다.

"하아… 하아… 제길."

한동안 지하감옥을 내려다보던 혁우운은 고개를 돌려 입구만 겨우 남아 있는 무림맹의 비밀통로의 입구를 열었다.

그리고 그곳엔 두 사람의 각기 다른 발자국이 남아 있었다.

"감히……!"

혁우운은 만신창이가 된 몸으로 무림맹을 향해 몸을 날렸다.

*   *   *

"크흐으."

시월현은 자신의 몸을 가로지르는 기다란 검상을 꿰매며 고통에 찬 신음소리를 내뱉었다.

그리고 그의 곁에는 은요가 죽은 듯이 앉아 있었다.

"몸은 괜찮냐?"

"괜찮습니다."

"휴우."

실을 끊으며 눈을 감은 시월현은 혁우운의 검이 자신에게로 다가오던 순간을 떠올렸다.

만약 그때 은요가 나타나 혁우운의 옆구리에 검을 박아넣지 않았다면, 시월현은 살아 있지 못했을 것이다.

"괴물 같은 놈이야. 천기단주는… 그나저나 곤란해졌네. 마교주의 죽음을 확인하라고 했는데."

천기단주를 암살하라는 것은 은요의 임무일 뿐 시월현의 임무는 아니었다.

어디까지나 그의 임무는 태무선의 죽음을 확인하는 것이었다. 그러나 태무선의 죽음을 확인하기 전에 자신이 먼저 죽을 뻔했다. 시월현은 머리를 쓸어올리며 고개를 돌렸다.

그의 시선이 닿은 곳은 폭음성이 들려온 곳이었다.

"어디서 뭔가 폭발하는 소리가 연달아 들렸는데."

몸도 피곤하고 내공도 거의 다 써버린 시월현은 망가진 자신의 만독오귀검을 들어올리며 칼날을 집어넣고 품에 갈무리했다.

"일단 돌아가자."

시월현이 비척거리며 자리에서 일어나자 은요도 따라 몸을 일으켰다.

털썩—

"응?"

뒤를 돌아본 시월현은 어느새 은요가 바닥에 쓰러져 있음을 발견했다.

"그럼 그렇지. 괜찮을 리 없지……."

상대는 무림오강이라 불리는 천기단주 혁우운, 은요가 제 아무리 재능 있는 살수라고 하더라도 이미 존재를 들킨 암살은 실패나 다름없었다.

시월현은 쓰러진 은요를 어깨에 둘러메며 툴툴거렸다.

"교주님께서는 왜 이 녀석으로 천기단주를 죽이려고 하시는 건지… 차라리 맹우, 그 무식한 놈을 이용하는 게 더 나을 텐데."

은요를 어깨에 둘러멘 시월현은 궁시렁거리며 산을 떠나갔다.

한편, 무림맹의 정문에 다다른 혁우운은 만신창이가 된 자신의 몸을 돌볼 새도 없이 정문을 지키고 있는 문지기들을 향해 달려갔다.

"일 식경안에 누가 들어왔었는가."

"예… 예?"

"일 식경 안에 무림맹으로 들어온 이의 명단을 모조리 가져오도록!"

"아, 알겠습니다."

문지기가 명단을 찾는 동안 혁우운은 재빨리 백의각으로 달려갔다.

'불과 한 달 사이에 마교주는 그 아이들의 신뢰를 얻은 후였더군요.'

맹주가 했던 말이 머릿속에 맴돌았다.

그리고 또한 백의각에 있는 한 사내가 떠올랐다.

'제갈세가에서도 문제를 많이 일으키던 놈이었습니다. 머리는 똑똑하나 무공실력은 형편없어 백의각으로 보내졌는데… 이번 각원제에서는 노진을 압도적으로 꺾었죠.'

순전히 재미를 위해서 자신의 힘을 숨기고 백의각에 들어갔으며, 두뇌는 제갈세가 내에서도 손에 꼽힐 정도로 뛰어난 사내.

"제갈원준."

단숨에 백의각에 도착한 혁우운은 백의각의 중심부에 마련된 연무장에서 장용성과 함께 땀을 흘리며 대련을 이어나가는 제갈원준을 발견했다.

"내가 말했잖아. 압도적인 힘은 속도와 기교를 모두 무시한다고!"

제갈원준의 목검이 장용성을 찍어누르자 그는 인상을 찡그리며 바닥에 한쪽 무릎을 꿇었다.

"쾌니 변이니 하는 것들은 모두 의미가 없어. 압도적인 힘. 그것이 모든 것을 뛰어넘으니."

장용성의 목에 목검의 칼날 부분을 들이민 제갈원준은 이윽고 목검을 거두며 장용성을 일으켰다.

"오늘은 여기까지 하자. 손님이 오신 것 같으니."

목검을 허리춤에 꽂아 넣은 제갈원준은 신형을 돌려 혁우운에게 다가왔다.

공손히 다가와 포권 하며 고개를 숙이는 제갈원준을 향

해 혁우운이 물었다.

"오늘은 뭘 했지?"

"오전에는 백의각에서 쓰이는 목검을 깎았고, 정오부터는 장용성과 대련을 했습니다."

"목검을 깎았다?"

"요근래 망가진 목검들이 꽤 많았습니다. 누구 덕분이죠."

제갈원준이 장용성을 바라보자 그의 얼굴이 붉게 달아올랐다.

"그, 그건……."

"발뺌하지 마. 네가 부순 목검의 개수가 몇 개인 줄 알아?"

장용성은 입이 열 개라도 할 말이 없었다. 실제로 제갈원준과 대련하며 장용성이 망가뜨린 목검의 개수가 이만저만이 아니었기 때문이었다.

"각주는 어디 있나."

"저기 오고계십니다."

제갈원준이 가리킨 곳에서 배련화와 오유하 그리고 능소유가 낑낑거리며 많은 양의 목검을 들고 왔다.

배련화는 구슬땀을 소매로 닦으며 백의각에 방문한 혁우운의 앞에 섰다.

"혁 단주께서 어쩐일이십니까? 게다가… 그 상처는?"

혁우운의 옆구리에는 깊은 자상이 있었고, 등에는 검상

이 그어져 있었다.

그 외에도 혁우운의 몸에는 자잘한 상처들이 가득했다.

누가 감히 무림오강 중 한명인 천기단주를 상처 입힌 걸까.

배련화가 걱정스러운 듯 혁우운의 상처를 살피며 말했다.

"일단 의원으로 가시지요."

"백의각의 무인들 중 자리를 비운 이가 있는가."

"자리를 비운 아이요?"

"그래."

잠시 의아한 표정을 짓고 있던 배련화는 품속에서 한권의 책을 꺼내어 혁우운에게 내밀었다.

"이게 뭐지?"

"일종의… 활동일지입니다. 날짜별 그리고 아이들별로 그날 뭘 했는지 적어둔 일지이지요. 오늘 것도 적혀 있으니, 이걸로 확인하시면 될 것 같습니다."

혁우운은 재빨리 일지를 펼쳐 제갈원준의 이름을 찾았다. 그러나 제갈원준은 그의 말대로 오전엔 목검을 깎았고, 정오부터는 장용성과 대련을 펼친 것으로 기록되어 있었다.

"이 일지는 확실한 건가?"

"제가 직접 보고 기록한 것이니 확실합니다."

"알겠다."

혁우운은 일지를 배련화에게 돌려준 후 백의각을 떠났다. 그가 자리를 떠나자 배련화를 포함한 그 자리에 있는 모두가 깊은 한숨을 내쉬었다.

그중에서도 능소유와 장용성은 심장이 터질 것 같은지 자신의 가슴을 꾹꾹 누르며 숨을 헐떡였다.

"도대체 무슨 짓을 하고 다니는 거야?"

장용성이 이해할 수 없다는 듯 묻자 제갈원준이 그의 어깨를 두드리며 고개를 주억거렸다.

"빚을 갚고 왔다. 우리 모두가 진 빚을."

"빚?"

"그런 게 있으니 너무 깊이 관여하려고 하지 말거라. 그나저나 감사합니다. 각주님."

"일단 네가 부탁한대로 해주었으나, 도대체 무슨 일이더냐. 천기단주가 상처를 입고 나타나 너희들의 행적을 묻다니……."

배련화는 걱정스러운 듯 제갈원준과 오유하를 번갈아 보았다.

둘 다 자신의 사랑스러운 제자들이었기에 배련화의 근심은 더욱 깊어보였다.

오유하는 배련화의 손을 부드럽게 감싸 쥐며 말했다.

"제가 따로 설명드리겠습니다."

"꼭 그래야 할 것이다."

"네."

"그럼 이만 할 일들을 하거라."

배련화의 지시로 오유하와 제갈원준이 일상으로 복귀할 무렵, 혁우운은 문지기가 가져다 준 입출입 명단을 눈으로 살펴보았다.

하지만 제갈원준의 이름은 출입(出入)명단에 기재되어 있지 않았다.

혁우운은 명단을 가져다준 무인의 눈을 똑바로 바라보며 물었다.

"이 명단은 틀림없겠지?"

"그, 그렇습니다. 애초에 일식경사이에 무림맹에 들어온 이가 많지 않아서… 제가 실수했을 리는 없습니다."

"알겠다."

명단을 돌려주며 돌아선 혁우운은 마지막으로 자신과 맹주만이 알고 있는 비밀통로를 향해 걸어갔다.

'덮개도 자물쇠도 모두 그대로다…….'

덮개는 그대로 덮여 있었고, 자물쇠도 잘 잠겨있었다.

그렇다면 누가 이 비밀통로를 통해 무림맹 외곽에 숨겨져 있는 지하감옥을 찾아낸 것일까.

도통 이해를 할 수 없었다. 하지만 혁우운은 이대로 가만히 있을 수 없었다.

상처부위에 금창약을 바르고 붕대를 감은 혁우운은 말을 타고 무림맹을 빠져나갔다.

'맹주님에게 이 사실을 알려야 한다.'

전서구로 서신을 보낼 순 없었다.

태무선이 살아 있었음은 아는 것은 오직 자신과 맹주뿐이었으니.

'시간이 없다!'

혁우운을 태운 말을 엄청난 속도로 북쪽을 향해 달려갔다.

마교와 무림맹

호북(湖北), 중원의 중심부에 위치한 이곳은 무당의 도사들과 제갈세가의 본단이 있는 곳이었다.

정파 무림의 문파들을 불태우며 맹렬하게 돌진하는 마교를 막아선 것은 바로 무당의 도사들이었다.

"멈추시오."

무당파의 장문인 장산운이 마교의 새로운 교주라 불리는 사내의 앞에 섰다.

그의 뒤로는 무당파의 무인들이 마치 짜놓은 것마냥 절서정연하게 도열해 있었다.

"어찌하여 마교는 업화의 길을 스스로 걷는 것이오?"

272

"개소리 집어치우고 싸울 거면 덤비고 그게 아니라면 꺼
져."

사강목이 짜증스럽게 소리치자 무당파의 장로들이 발끈
하며 나섰다.

"저, 저… 말하는 본새가 과연 마교답구나!"

"이대로 가만히 있을 수 있겠습니까? 저 간악무도한 마
교를 이대로 두고 볼 수 없소!"

장로들이 발끈하며 나섰지만, 장산운은 여전히 차분하
게 가라앉은 눈길로 마교를 지켜보았다.

"무림맹이 마교의 교주를 죽였다는 얘기를 전해들었소.
혹시 복수를 위해 나선 것이오?"

"복수는 무슨… 네놈들이 멀쩡히 살아 있는 마교의 교주
를 죽였다고 헛소문을 내고 다니기에 버릇을 고쳐주려는
것뿐이다."

"교주가 살아 있단 말이오?"

"그래 이곳에 멀쩡히 살아계시지 않은가!"

사강목이 고개를 숙이며 소개하자 검은 흑룡포를 입은
사내가 장산운을 노려보았다.

'과연 마교의 교주인가!'

장산운은의 눈빛에서 대범하고 날카로운 기개를 느꼈
다.

죽은 줄만 알았던 마교주의 등장과 마교의 진군.

장산운은 자신의 뒤에 도열해있는 무인들의 수를 눈으로

헤아리며 고민에 빠졌다.

이대로 마교와 맞붙어 싸우면 무당파는 엄청난 손실을 입을 게 뻔했다.

하지만 그렇다고 이대로 마교를 보내줄 수도 없는 노릇.

'어쩔 수 없나.'

장산운은 스스로 앞으로 나서며 사강목과 마교주를 향해 소리쳤다.

"이곳에서 전력을 다해 싸워봤자 서로의 피해만 가중될 뿐. 그러니 대장전을 펼치는 게 어떻소. 무당파에서는 내가 대표로 나서겠소."

대장전.

무당파에서 먼저 대장전을 요구하자 무당파의 도사들이 자신들의 장문인을 만류하고 나섰다.

"장문인님. 대장전은 너무 위험합니다!"

"상대는 마교입니다. 무슨 술수를 부릴지 아무도 모른단 말입니다!"

모두의 만류에도 장산운은 손을 들어 그들의 입을 다물게 한 후 단호하게 말했다.

"피해를 최소하하여 마교를 막을 수 있는 방법은 이 뿐이오."

더 이상 듣기 싫다는 듯 등을 돌린 장산운은 마교를 향해 다시 한 번 목소리를 높였다.

"어떻소. 내 제안이?"

장산운의 물음에 사강목이 허리춤에 손을 올리고는 거드름을 피웠다.

"싫다!"

예상치 못한 사강목의 반응에 장산운이 몸을 움찔했다.

"대장전을 거부하겠단 말이오?"

장산운이 재차 묻자 사강목이 고개를 끄덕이며 자신의 뒤에 서 있는 수많은 무인들을 가리켰다.

물론, 소수의 마교도와 대부분이 녹림십팔채의 산적들이었지만, 그 수는 모든 산적채의 산적들이 모인 덕에 엄청났다.

게다가 산적들 사이사이에는 날카로운 이빨을 드러낸 들개들이 붉은빛을 내는 털을 휘날리며 언제든 달려들 준비를 하고 있었다.

"그냥 싸워도 무당파 따위는 손쉽게 짓밟을 수 있는데 내가 왜 대장전을 해야 하지?"

"피해를 최소화 할 생각이 없는 겐가. 무림맹이 두렵지도 않은가!"

"하하하! 무림맹이 두렵지 않냐고? 두려웠으면⋯ 애초에 시작도 하지 않았어."

사강목의 눈빛이 싸늘해졌다. 그는 무당파를 향해 발걸음을 옮기며 양손을 검게 물들였다.

"흑도마수⋯⋯."

장산운에게 결단의 순간이 다가왔다.

이대로 마교를 막아야 하지만, 무당파가 단신으로 마교를 막는 것은 무당파의 존폐가 달린 일이었다.

"어떻게 할까요. 장문인님."

장산운은 검 손잡이에 손을 올리며 고민에 휩싸였다.

그런데 그때 무당파의 도사 중 한명이 다급히 달려오며 소리쳤다.

"무림맹… 무림맹입니다!"

"뭐라!?"

장산운의 얼굴이 밝아졌다. 그가 뒤를 돌아본 곳에선 무림맹주 구황천을 선두로 한 무림맹의 무인들이 말을 타고 달려오고 있었다.

그 수가 상당했으니, 언뜻 봐도 마교 전력의 두 배는 되는 것 같았다.

"오셨습니까!"

장산운이 맹주인 구황천을 반갑게 맞이했다. 구황천은 무당파의 장문인인 장산운의 곁으로 다가왔다.

"이곳에서 마교를 막아주신 겁니까."

"무당파가 해야 할 일을 한 것뿐입니다."

"수고하셨습니다. 이제부터는 무림맹이 함께 할 것입니다."

구황천이 당당히 나서서 자신이 데려온 무림맹의 무인들과 함께 무당파의 앞에 섰다.

장산운은 그런 구황천을 보며 생각했다.

'이 사내는 진정으로 무림맹의 맹주가 될 재목이로구나.'

장산운이 구황천의 곁에 섰고, 무당파의 도사들과 무림맹의 무인들이 함께 마교의 앞에 섰다.

구황천은 실질적으로 마교를 이끌고 있는 사강목과 그의 옆에 선 백발의 사내를 마주보며 소리쳤다.

"나는 무림맹주 구황천이오!"

"나도 안다."

"마교의 교주가 무림맹의 손에 죽임을 당한 것을 알고 있소. 그에 대한 복수를 하려고 이러는 거라면……."

"뭔가 단단히 착각하고 있는 모양이구나."

사강목이 싸늘한 눈빛으로 구황목을 향해 천천히 발걸음을 내디뎠다.

그러자 무림맹의 무인들이 사강목의 기세에 놀라 자신도 모르게 검을 뽑아들었다.

"우리는 그저 자신들이 중원의 패자라며 멋대로 날뛰는 무림맹에게 진정한 중원의 주인이 누구인지 알려주려는 것뿐이다."

"중원은 그 누구의 것도 아닙니다. 우리는 그저 중원의 평화를 위해서……."

"하하하! 헛소리… 작금의 무림맹주는 무공보다는 설공이 더 뛰어난 모양이구나."

맹주가 모욕을 듣자 맹의 무인들이 기세를 끌어올리며 당장이라도 마교를 향해 달려들 준비를 했다.

하지만 구황천은 맹의 무인들을 진정시키며 사강목의 두 눈을 똑바로 바라보았다.

"정녕 정사대전을 일으키고 싶으신 겁니까."

"정사대전이라… 아니. 난 그저 건방진 무림맹의 꼬맹이를 혼내주고 싶을 뿐이다."

사강목이 비릿하게 웃으며 구황천을 향해 손가락을 내밀었다.

"무당파의 도사들이 내게 대장전을 요구하더구나. 그러니 어떠냐. 무림맹의 맹주와 마교의 교주가 대장전을 벌이는 것이!"

아까는 무당파가 먼저 대장전을 제안했지만, 이번엔 사강목이 대장전을 제안했다.

마교의 속셈이야 뻔했다.

'나를 원하는 게지. 복수를 위해서.'

구황천의 손가락이 꿈틀거렸다. 당장이라도 검을 뽑아 들고 나서서 자신을 조롱하는 사강목의 목을 베어넘기고 싶었다.

그러나 구황천은 자신의 욕구를 진정시키며 분노를 삭였다.

"제가 왜 당신의 제안을 받아들여야 하는지 모르겠군요. 누가 봐도 무림맹과 마교의 전력 차는 두 배 이상. 물론, 무림맹도 적지 않은 피해를 입게 되겠지만… 마교의 뿌리를 완전히 뽑아버리기 위해서라면 이정도 희생은 치러야 하지 않겠습니까."

구황천은 사강목이 했던 말을 그대로 돌려주었다.

무릇 대장전이란 전력이 비슷한 자들끼리 할 수 있는 제안이었다. 그러니 무림맹은 대장전을 할 필요가 없었다.

이미 그들의 전력이 마교를 압도하고 있었으니.

"그렇다면 남은 것은 전면전이겠군."

"정녕 패망의 길로 들어서는군요."

"글쎄… 누가 망할지는 두고 봐야겠지."

사강목의 시선은 구황천에게로 고정되어 있었다. 그의 목표는 승리가 아니었다.

'네 놈의 목을 가져간다면 검신도 가만히 있진 못할 테지.'

그의 궁극적인 목표는 어디까지나 검신 구황목이었다.

그러기 위해서는 검신을 꾀어낼 미끼가 필요했다.

사강목이 선택한 미끼는 구황목의 손자인 구황천이었다.

무림맹의 미래를 이끌 천재라 불리는 자.

문무를 겸비했으며 인품 또한 뛰어나 만인의 존경을 받는 자.

제2의 검신이 될 재목이라면 칭송받는 자.

이 모든 것이 구황천을 뜻하는 말이었다.

사강목은 자신의 옆에 선 사내를 향해 조용히 말했다.

"저자가 무림맹주인 구황천입니다."

"내가 저 자의 목을 가져오면 되는 것이냐."

"부탁드리겠습니다."

"그리하지."

백발머리의 사내는 품속에서 서슬 퍼런 칼날을 꺼냈다. 그는 흑룡포를 벗은 후 목아래의 옷깃을 끌어올린 후 숨을 내쉬었다.

하얀 입김이 사내의 입술을 타고 흘러나왔다.

"버텨주기만 하게."

사강목은 황룡산을 향해 버텨달라 말하였고, 황룡산은 자신의 녹령환부를 어깨에 짊어졌다.

"오래는 버티지 못할 거야."

"알고 있네."

무림맹의 전력의 대부분은 이름난 고수들과 오대세가, 구파일방등 명문 문파의 무인들이었으니, 그들 개개인의 실력은 상당히 뛰어났다.

그러나 마교의 전력 중 8할을 담당하는 것이 녹림의 산적들이었으니, 수적으로는 두 배 정도 차이났으나, 실제 전력으로 4—5배의 차이를 갖고 있었다.

'전면전이 벌어진 후 반시진도 채 안 되어 마교는 무너질 것이다.'

사강목은 현 마교가 가진 한계를 누구보다도 잘 알고 있었다.

그러니 그에게 필요한 것은 오로지 속도였다.

일촉즉발의 상황.

무림맹과 마교가 서로를 노려보며 언제든 서로를 향해 달려갈 준비를 했다.

"모두들 여기까지 날 믿고 따라와줘서 고맙네."

사강목을 뒤를 돌아보며 자신의 말만 믿고 여기까지 따라와준 황룡산과 녹림의 산적들 그리고 기파랑과 그의 들개들을 향해 고개를 끄덕였다.

"끝을 위한 첫 걸음을… 시작하세나."

사강목이 주먹을 들어올렸다.

"전원 진……!"

그는 말을 끝마치지 못했다. 어디선가 맹렬하게 달려온 말 한 마리 때문이었다.

그리고 그 말 위에는 한 남자가 앉아 있었다.

"천기단주로군."

그를 알아본 황룡산이 이를 갈며 말했고 사강목의 얼굴이 굳어졌다.

'하필이면 이럴 때!'

무림맹주를 지키는 가장 강력한 검.

천기단의 단주 혁우운이 갑작스레 모습을 드러냈다. 분명 비역만의 정보통에 의하면 천기단은 무림맹을 지키기 위해 맹을 나서지 않았다고 알려져 있었다.

"가장 껄끄러운 자가 나타났군."

혁우운이 나타난 이상 무림맹주를 암살하기란 매우 어려

워졌다.

일단 구황천에게 다가가기 위해서는 혁우운이라는 거대한 벽을 넘어야 했기 때문이다.

그런데 뭔가 이상했다.

피투성이의 무복을 입은 채 나타난 혁우운이 구황천을 향해 뭔가를 설명하기 시작했고, 그에게서 얘기를 전해들은 구황천의 얼굴이 눈에 띄게 어두워진 것이다.

'무슨 일이 벌어진 거지?'

어떻게 해야 할지 고민하고 있던 사강목은 적들의 동태를 살폈다.

"저기 물 좀 줘."

"아, 으응."

"고마워."

꿀걱— 꿀걱— 꿀걱—

적운이 감도는 마교의 무인들 속에서 한 사내가 물을 들이켜는 소리가 들려왔다.

적막을 깬 사내의 목 넘김 소리는 초조하게 사강목의 지시를 기다리던 마교의 무인들을 자극했다.

"하아아… 이제야 살겠네. 제갈녀석은 지도를 그런 걸 줘가지고. 한참 걸렸네."

손에 쥐고 있던 지도를 아무에게나 넘겨준 사내는 최전방에서 무림맹의 동태를 살피고 있는 사강목과 황룡산의 사이로 걸어들어갔다.

"구황천이 어디 갔나 했더니 여기 있었구만."

"음?"

"어……?"

상당히 낯익은 목소리가 자신들의 등 뒤에서 들려오자 놀란 사강목과 황룡산이 뒤를 돌아보았다.

그들이 돌아본 그곳엔 한 사내가 서 있었는데 긴 흑발머리를 대충 뒤로 넘겨 묶은 사내는 물주머니를 한쪽 손에 든 채로 사강목과 황룡산을 향해 손을 들어올렸다.

"내가 늦은 건 아니지?"

"아… 아…….."

사강목은 이 상황이 믿기질 않았다.

죽은 줄만 알았던 마교의 교주가 지금 자신의 뒤에 서 있는 게 아닌가.

그간 고생을 꽤나 했는지 태무선의 몸 여기저기에는 상처가 가득했으며, 입고 있는 옷도 너덜너덜했다.

"정말로… 정말로 교주님이십니까?"

사강목이 파르르 떨리는 목소리로 물어오자 태무선이 태연한 얼굴로 고개를 끄덕였다.

"맞아."

"어찌… 어찌… 아닙니다. 아니에요. 살아 있으면 된 겁니다!"

사강목은 두 팔을 벌려 태무선을 끌어안았다.

죽은 줄 알았던 태무선이 멀쩡히 살아 돌아오자 사강목

은 더 바랄 것이 없었다.

그러나 현재 상황을 누구보다 빠르게 깨달은 황룡산은 사강목의 어깨를 붙잡고 흔들며 말했다.

"이봐, 사강목."

"왜 그러는 겐가? 자네는 교주님이 살아돌아온 게 기쁘지도 않은 겐가!?"

"물론 기쁘지. 하지만 이대로라면 우리 전부다 죽게 생겼거든."

태무선과의 재회에서 정신을 차린 사강목이 뒤를 돌아보았다.

구황천과 혁우운도 태무선을 발견했는지 복잡한 눈빛으로 사강목과 태무선을 노려보고 있었다.

곧이어 구황천이 검을 빼들었다.

"저 잔인무도하고 악랄한 마교 무리들을 모조리 섬멸하라!"

구황천의 외침과 함께 무림맹의 무인들이 전력으로 달려왔다.

아연실색한 사강목이 급히 말했다.

"도망쳐야 합니다!"

"갑자기? 싸우려고 온거 아니었어?"

"원래는 맹주의 목을 갖고 달아나려고 했습니다. 그런데 교주님이 돌아왔으니 그럴 필요는 없어졌습니다. 그러니 이만 도망갑시다!"

사강목과 황룡산 그리고 마교의 무인들이 부리나케 도망 갈 준비를 했지만, 태무선은 제자리에 못 박힌 듯 가만히 서 있었다.

"왜 그러십니까?"

"못 움직이겠는 걸."

수개월동안 묶여 있던 팔과 다리를 무리해서 움직인 탓 인지 태무선은 사지가 굳어져 움직일 수가 없었다.

사강목은 할 수 없이 태무선을 엎은 후 빠르게 달려갔다.

마교주, 태무선의 등장으로 마교는 도주했고, 무림맹은 그들의 뒤를 바짝 쫓았다.

하지만 산으로 도망치기 시작한 마교의 무인들은 속도를 더욱 높이는 반면 무림맹의 무인들의 속도는 더뎠다.

전력의 대부분이 산에서 살아온 산적들인 마교의 비해 무림맹의 무인들은 산길에 익숙하지 않았던 것이다.

가파른 산을 빠르게 올라가던 사강목과 황룡산은 얼마 안 가 그들의 앞에 놓인 거대한 강을 향해 내달렸다.

휘이이익—!

황룡산이 품속에서 호각을 꺼내 불자 가만히 정박해있던 배에서 분주한 움직임이 느껴졌다.

"뭐야, 왜 벌써와!?"

숨어 있다가 고개를 삐죽 내민 해산문이 의아한 듯 묻자 허공을 번쩍 뛰어올라 배에 올라탄 사강목이 자신의 등에 업혀 있던 태무선을 해산문에게 넘겼다.

"목숨을 걸고 지키거라!"

"으, 응? 뭐야 살아 있었냐?"

"뭐 그렇게 됐어."

해산문에게 안긴 태무선은 장강수로채의 배들이 그들을 기다리고 있었음을 깨달았다.

애초에 마교는 무림맹과 전면대결을 할 생각이 없었다.

오로지 맹주의 목을 취하는 것이 목적이었던 사강목은 무림맹이 쫓아올 수 없는 도주로를 만들기 위해 장강수로채의 배를 준비한 것이다.

"당장 출발해!"

마교의 무인들을 태운 배들이 거센 강줄기를 따라 움직였다. 뒤늦게 강에 도착한 구황천과 혁우운은 멀어지는 배들을 보며 분통을 터트렸다.

"젠장!"

* * *

"하아……."

간발의 차이로 무림맹을 따돌리는 데에 성공한 사강목은 갑판에 앉아 자신을 올려다보고 있는 태무선을 발견했다.

죽은 줄 알았던 태무선의 귀환.

사강목은 하늘을 향해 감사인사를 올리며 태무선을 향해 잔잔한 미소를 띠며 말했다.

"잘… 돌아오셨습니다."

수많은 감정이 느껴지는 사강목의 얼굴을 보며 태무선은 고개를 끄덕였다.

"그래."

〈다음 권에 계속〉

어울림 BOOKS 신인 작가 대모집!

어울림 출판사는 무한한 상상력과 뜨거운 열정을 가진 작가 여러분을 기다리고 있습니다.

창작에 대한 열의가 위대한 작품으로 꽃피울 수 있도록 저희 어울림 출판사가 여러분의 힘이 돼 드리겠습니다.

지금 도전하십시오!

모집 분야 : 판타지, 역사, 무협, 로맨스 등

모집 대상 : 아마추어, 인터넷 작가등 열정을 가진 모든 작가

모집 기한 : 수시 모집

작품 접수 방법 : 당사 네이버 카페 또는 이메일을 이용해 주십시오.

파일 형식은 제한이 없으나 원활한 원고 검토를 위해 '.HWP' 형식으로 보내주시고, 파일에 연락처도 함께 기재해주시면 됩니다.

채택된 작품은 정식 계약을 통해 출판물로 간행됩니다.
간행된 출판물은 당사의 유통망을 이용하여 전국 서점으로 배포됩니다.
※ 문의 사항은 **네이버 카페(http://cafe.naver.com/oulim0120)**를 이용하시기 바랍니다.

경기도 고양시 일산동구 장항동 43-55 성우사카르타워 801호
어울림 출판사 신인 작가 담당자 앞
전화 031) 919-0122 / **E-mail** 5ullim@daum.net